LES FANTÔMES DE L'ARBRE MORT

Biographie

R. L. Stine est né en 1943 à Colombus aux États-Unis. À ses débuts, il écrit des livres interactifs et des livres d'humour. Puis il devient l'auteur préféré des adolescents avec ses livres à suspense. Il reçoit plus de 400 lettres par semaine ! Il faut dire que, pour les distraire, il n'hésite pas à écrire des histoires plus fantastiques les unes que les autres. R. L. Stine habite New York avec son épouse, Jane, et leur fils, Matt.

Avis aux lecteurs

Vous êtes nombreux à nous écrire et nous vous en remercions.
Pour être sûrs que votre courrier arrive,
adressez votre correspondance à :

Bayard Éditions
Série Rue de la Peur
3/5, rue Bayard
75008 Paris

Et bravo pour votre Passion de lire !

ILLUSTRATION DE COUVERTURE
ROBERT DIET
ADAPTATION
STÉPHANIE AURIN

R. L. STINE PRÉSENTE

RUE DE LA PEUR

LES FANTÔMES DE L'ARBRE MORT

LISA EISENBERG

TRADUIT DE L'AMÉRICAIN
PAR OLIVIER BERTRAND

PASSION DE LIRE
BAYARD POCHE

Titre original
R. L. STINE'S GHOST OF FEAR STREET™ n° 5
Stay away from the tree house
écrit par Lisa Eisenberg
Série créée par R. L. STINE

Loi n° 49 956 du 16 juillet 1949
sur les publications destinées à la jeunesse
Dépôt légal avril 1999

ISBN : 2 227 729 80 5

Lecteur !

Si tu ne crois pas encore aux fantômes,
vampires, et autres monstres,
tu devrais faire un tour rue de la Peur !
Traverse, si tu l'oses, le cimetière
et le bois à la nuit tombée.
Aventure-toi près des eaux sombres du lac.
Et prépare-toi à trembler !
Mais tu aimes ça, n'est-ce pas ?

1

« Pourquoi, mais pourquoi n'ai-je jamais vu le moindre fantôme ? Je ne demande pourtant pas la lune ! Je voudrais seulement rencontrer un spectre, un vrai, bien blême et bien horrible ! Après, je ne réclamerai plus rien.
C'est vrai, c'est trop injuste ! Tous les autres enfants du quartier ont déjà aperçu au moins une fois une de ces hideuses créatures. Mais moi, Sébastien Brown, non. Jamais ! Alors que j'habite rue de la Peur, l'endroit le plus hanté de la ville à ce qu'on dit. À croire que les revenants ne reviennent pas pour moi ! »
Je me disais cela un jour, enfermé dans ma chambre. Et, tout à coup, je sentis que le moment était venu. Pourquoi ? Parce qu'il faisait un vrai temps d'outre-tombe, précisément. Après une matinée de prin-

temps claire et ensoleillée, des nuages noirs et menaçants avaient obscurci le ciel. Une vraie météo « spéciale spectres » !

Le vent soufflait de plus en plus fort, secouant violemment les branches des arbres.

« L'atmosphère est parfaitement sinistre aujourd'hui, pensai-je. C'est le moment idéal pour rencontrer un fantôme. Alors, où se cache-t-il ? »

Je posai le livre que j'étais en train de lire – *Le grand livre des incroyables mais véridiques histoires de revenants* – et me levai pour regarder par la fenêtre.

Il n'y en avait pas devant chez nous, c'était évident.

Je regardai à gauche et à droite, vérifiant dans les jardins des voisins.

Rien non plus.

Je balayai l'allée du regard. Quelque chose s'agitait derrière une haie : une ombre ? Mon pouls s'accéléra ; enfin, juste un peu.

« Ne t'emballe pas, me dis-je. C'est sûrement Pocket, le vieux chien crasseux du voisin. »

Je regardai mieux. La chose était toujours là, à l'affût.

« Ce n'est peut-être pas Pocket, pensai-je, plein d'espoir. Et si c'était le spectre que j'attends depuis toujours ? » Oui. Ce pouvait être lui.

– Ne reste pas ici sans rien faire, continuai-je à voix haute pour me donner du courage. Sors ! Va voir ça de plus près !

Mais comment s'y prend-on pour aborder un revenant ? Je pensais lui dire quelque chose comme : « Salut à toi, ô habitant des ténèbres. Prépare-toi à m'affronter ! Je suis Sébastien, le redoutable chasseur… »

Une forme imprécise surgirait alors des buissons. Au moment où je la regarderais, la chose se transformerait en un monstre de brume géant aux dents aiguisées comme des couteaux.

Je ne bougerais pas d'un centimètre. Non, moi, Sébastien Brown, le chasseur de fantômes, je…

Tchac !

Quelque chose de dur et de glacé s'abattit sur ma nuque. Je sursautai, glissai sur mes chaussettes et faillis m'étaler sur le plancher.

– Pas de panique, Sébastien ! s'écria mon grand frère, hilare.

Il tenait à la main une canette de Coca gelée – celle qu'il m'avait collée dans le cou !

– Quel trouillard ! ajouta-t-il en ricanant.

J'aurais pu lui envoyer un coup de pied dans le

tibia. Mais Jérémy risquait de me chatouiller pour se venger. Il sait que je déteste cela. Et il n'arrêterait pas avant que je lui promette de faire son lit pendant une semaine, j'en étais sûr.

Je me contentai donc de soupirer et m'efforçai de sauver la face :

– Tu m'as eu par surprise, une fois de plus.

Ouh là là ! Que ça sonnait faux !

– Ouais, bien sûr ! répondit Jérémy.

Il souleva sa casquette de base-ball et lissa ses cheveux blonds d'un geste crâneur avant de la remettre.

– Je te propose un marché, continua-t-il. Tu recopies au propre mon devoir de bio, et je ne dirai à personne que tu es une poule mouillée.

Mais je savais que Jérémy ne parlerait jamais. Il a beau être un véritable enquiquineur à la maison, à l'école il me défend toujours. Il ne laisse jamais personne se moquer de moi.

– Je ne vais pas me lever à cinq heures du matin pour faire ton travail. Et je te préviens : je ne prendrai pas non plus ton tour de vaisselle et je ne sortirai pas les poubelles à ta place. De toute façon, j'ai mieux à faire que d'entrer dans tes combines !

– Ah oui ? Quoi, par exemple ? demanda mon frère, narquois.

Je désignai la rue lugubre et sombre :

– Même un bouché comme toi devrait se rendre compte que c'est le jour rêvé pour débusquer un fantôme !

– Oh, arrête un peu, tu veux ! s'exclama Jérémy. Sais-tu pourquoi tu n'as jamais vu de fantôme ? Parce que ça n'existe pas !

Il essayait de me clouer le bec. Mais je ne me laissai pas faire :

– Tu te souviens de ce que m'a raconté Théo Pepper ? Ça fait longtemps qu'il a des doutes sur sa maîtresse. Eh bien, l'autre jour, elle l'a menacé de l'emmener droit au cimetière ! C'est bien parce que c'est une morte vivante et qu'elle voulait l'entraîner dans sa tombe ! Ou peut-être que tu prends Théo pour un menteur ?

– Théo n'est pas un menteur. Il a trop d'imagination, comme toi ! répliqua mon frère en riant. Tu gobes tout ce qu'on te raconte. Quand tu auras mon âge, tu comprendras ce que je veux dire.

S'il y a une chose que je déteste, c'est d'entendre Jérémy déclarer : « Quand tu auras mon âge… » Car il n'a qu'un an de plus que moi ! Il est en sixième, et moi en CM2. D'ailleurs, on nous confond sans arrêt : mêmes cheveux blonds, mêmes yeux verts, mêmes taches de rousseur…

– Tu as raison, papy, dis-je, ironique.

Jérémy prit un air dédaigneux et ajouta avec un petit sourire en coin :

– En tout cas, je suis assez grand pour savoir que les…

Il ne finit pas sa phrase. Les yeux fixes, il désigna l'extérieur d'un doigt tremblant.

– Un fan… fan… un fantôme ! bégaya-t-il.

– Où ça ? hurlai-je.

Oubliant ma colère, je me précipitai vers la fenêtre, si vite que je me cognai contre la vitre. J'entendis alors un halètement affreux. Un bruit véritablement insupportable… Le rire de Jérémy !

– C'est… c'est Pocket, s'esclaffa-t-il. Le chien le plus moche du quartier ! J'ai dû me tromper…

Déçu, je me laissai tomber dans un fauteuil et, reprenant mon livre, déclarai gravement :

– Le jour où je rencontrerai un spectre pour de vrai, je ne prendrai même pas la peine de venir te le dire !

– Oh ! Que c'est triste ! me répondit-il d'une voix de fausset.

J'ignorai ses moqueries et retrouvai la page où je m'étais arrêté. Mais il continua :

– De toute façon, Sébastien, même si les fantômes existaient – ce qui n'est pas le cas –, *tu* ne serais pas fichu de les surprendre. Il ne t'arrive jamais rien d'intéressant, *à toi*. Et si par miracle tu en voyais un, tu…

BOOOUM !

Une explosion sourde déchira le silence. La maison trembla sur ses bases. La lampe qui se trouvait à côté de moi bascula, l'ampoule se brisa, nous plongeant dans la pénombre.

– Jé… Jérémy, articulai-je. Qu… qu'est-ce que c'est ?

2

– Ça vient du garage, non ? murmura mon frère d'une voix blanche. Allons voir !

Nous courûmes à travers la maison. Arrivé au bas des escaliers, je dérapai et me rétablis juste aux pieds de mon père.

– Salut, les garçons ! lança-t-il. C'est le bruit qui vous a fait peur ?

– Un bruit ?... Quel bruit ? s'étonna Jérémy ironiquement.

– C'était quoi, Papa ? Que se passe-t-il ? demandai-je.

Il posa sa tronçonneuse et fit un geste en direction du jardin. Un sapin énorme était étendu en travers de la pelouse, couvrant presque la moitié de notre terrain.

– Si nous voulons creuser cette piscine avant

l'été, il est grand temps de s'attaquer aux arbres, les enfants !

– Tu as failli t'attaquer aussi à la maison, Papa, lui reprocha Jérémy.

Pour une fois, j'étais d'accord avec lui. Les plus hautes branches avaient frôlé la façade en tombant. Si l'arbre avait été un peu plus grand, elles auraient défoncé le toit ! D'un revers de la main, papa essuya la sueur sur son front et se mit à rire si fort que tout son corps en était secoué.

– Ha ! ha ! ha ! Jérémy, elle est bien bonne, ha ! ha !

Je roulai des yeux, furieux. Papa fait toujours comme si mon frère était un comique-né. Moi, quand je fais des blagues, il ne me trouve jamais drôle !

Ils se mirent à discuter en regardant le géant abattu, comme deux scientifiques devant un météorite.

– J'ai dû me tromper dans le calcul de mon angle de coupe, déclara papa.

Jérémy hochait la tête comme s'il avait une idée de l'angle qu'il aurait fallu prévoir. Parfois mon frère me rend dingue !

Comme personne ne faisait plus attention à moi, je partis explorer la brèche ouverte dans la forêt, derrière la grosse souche… Je découvris un sentier que je n'avais jamais emprunté. Et, en regardant plus loin, j'aperçus quelque chose d'extraordinaire.

– Jérémy, viens voir ! criai-je. Tu ne croiras jamais ce que j'ai trouvé !

Il ne se retourna même pas.

– Là, dans les bois ! On dirait une cabane perchée dans un arbre.

– Où ça ? demanda mon frère, enfin intéressé.

– Là-bas, dans les feuillages.

– Tiens, c'est vrai. Comment se fait-il qu'on ne l'ait jamais vue ?

– Aucune idée. Elle devait être cachée par les branchages. Tu ne veux pas y jeter un coup d'œil ?

Jérémy bâilla.

– Non, je vais plutôt rentrer regarder la télé, dit-il en traînant les pieds. Viens me chercher quand tu auras du nouveau.

Que faire quand on a pour frère le garçon le plus paresseux du monde ?

– Et quoi encore ? Si je trouve quelque chose, je le garderai pour moi !

Je savais que cet argument le ferait changer d'avis. Jérémy ne supporte pas que j'aie quelque chose de plus que lui.

– Bon, bon, d'accord, je t'accompagne, dit-il aussitôt. Juste pour que tu ne te perdes pas.

– N'allez pas trop loin, les garçons, nous recommanda papa. Je fais des lasagnes aux épices ce soir. Ça se mange dès que c'est prêt !

– Ne t'inquiète pas, on sera là ! le rassurai-je en pénétrant dans les taillis.

Jérémy me suivit sur le sentier caillouteux envahi d'herbes folles, en râlant, comme d'habitude :

– Ce chemin est tout défoncé. En plus, il gèle par ici !

– C'est vrai ! Je me demande pourquoi il fait si froid.

Devant ma bouche, mon haleine se transformait en petits nuages. « C'est bizarre pour un mois d'avril », pensai-je. De plus, la température semblait baisser à mesure que nous avancions.

Jérémy glissa sur un rocher mouillé et se retrouva face contre terre. Il se redressa et remarqua un accroc au genou de son jean préféré.

– J'en ai marre, hurla-t-il. Je rentre !

– Allez, avançons encore un peu ! l'implorai-je.

Quelque chose m'attirait mystérieusement dans ces lieux. Je ne pouvais pas renoncer à y aller maintenant !

Jérémy fit demi-tour.

– J'abandonne, grogna-t-il. Continue sans moi.
– Attends ! J'ai un marché à te proposer ! lançai-je pour l'arrêter.

Il se retourna. Mon frère adore marchander.

– Tu as intérêt à ce que ça en vaille la peine...
– Je recopierai ton devoir de bio ce soir !
– Ça ne suffit pas, dit-il en secouant la tête. Par contre, si tu acceptes en plus de me porter mon cartable tous les matins pendant deux semaines, je reste avec toi cinq minutes.
– Dix !
– Marché conclu !

Nous repartîmes sur le sentier. À cet endroit, il décrivait une large courbe. C'est alors que je m'arrêtai net.

– Qu'est-ce qu'il y a ? demanda mon frère, intrigué.

Je fus incapable de lui répondre, tant j'étais sidéré. Je désignai un chêne d'une hauteur prodigieuse, s'élevant seul au milieu d'une vaste clairière. L'une des branches, énorme, se dressait vers le ciel noir, tordue comme le bras d'une vieille sorcière. Entre cette branche et le tronc, on apercevait les restes d'un plancher calciné et un pan de mur.

La maison dans l'arbre !

– Ça alors ! On dirait qu'il y a eu un bombardement par ici, remarqua Jérémy.

Je m'avançai jusqu'au milieu de la clairière.

– Tu vois ça ? chuchotai-je en pointant mon doigt vers l'écorce noircie. Il y avait deux étages. Et cette échelle qui part du sol ? Elle conduit à la première plate-forme.

Une bonne moitié du plancher inférieur était carbonisée. Et il n'y avait pas de branches sur ce côté. Je fermai un instant les yeux, m'imaginant la cabane entièrement reconstruite.

– Génial, soufflai-je.

– Oui, super, dit Jérémy, à moitié convaincu. On rentre, tes dix minutes sont écoulées.

Je marchai vers ma trouvaille d'un pas décidé. Puis je m'arrêtai, pétrifié. Quelqu'un – ou quelque chose – se tenait à côté de l'arbre, à moitié caché dans l'ombre.

C'était une forme obscure aux contours imprécis. Il me sembla seulement distinguer ses yeux. Des yeux froids et cruels, braqués sur moi.

3

J’ouvris la bouche pour appeler mon frère, mais aucun son n’en sortit. Était-ce une apparition ? Malgré la peur, je voulus avancer vers la forme étrange ; mais mes jambes refusèrent de m’obéir… Je parvins enfin à articuler :

– Jérémy, regarde !

Sa voix déchira le silence :

– Quoi ? Qu’est-ce que tu dis ?

– Tu ne vois pas ce… cette chose, là, sous l’arbre ?

Mais l’apparition s’était évanouie.

– Ça suffit, Sébastien ! râla Jérémy.

– Mais je te jure ! protestai-je. J’ai vu une espèce de masse noire et vaporeuse avec des yeux brillants. Elle me regardait et…

– Sébastien ! Jérémy ! À table !

La voix de mon père retentit, faible et lointaine dans l’air glacé.

– Viens, fit Jérémy en me tirant par le bras.
Je ne bougeai pas, les yeux rivés sur le grand chêne. Il fallait absolument que je revoie cette créature !
– Reste ici si ça te chante. Moi, je vais dîner, marmonna Jérémy.
– Bon, d'accord, on rentre, dis-je à contrecœur. Mais on reviendra, hein ?
– Mais oui… À Pâques ou à la Trinité !
Je regardai une dernière fois l'arbre mort. Tout était immobile aux alentours, étrangement calme, beaucoup trop calme. Pas un bruit, pas même un gazouillis d'oiseau. Ce n'était pas naturel…
Je rattrapai mon frère en me promettant de revenir. « Cette cabane est hantée, j'en mettrais ma main au feu. Je vais enfin le rencontrer, ce fantôme ! »
Plus on s'éloignait de la mystérieuse clairière, plus la température s'élevait à nouveau. J'avais lu quelque chose à propos des zones de froid dans les lieux hantés. Je décidai de vérifier le soir même dans mes encyclopédies si les revenants s'annonçaient par d'autres phénomènes de ce genre.
En arrivant chez nous, mon frère claironna que j'avais encore eu une vision. Lui et mes parents me prennent vraiment pour un idiot !

Pendant le repas, je tachai ma chemise avec de la sauce tomate, et maman dut me demander trois fois de suite de lui passer le pain, tant j'avais la tête ailleurs. Je ne pouvais pas m'empêcher de penser à la chose brumeuse cachée dans les bois.

Dès que je pus sortir de table, je me ruai dans la chambre, que je partage avec mon frère, pour éplucher mes livres sur les fantômes. Jérémy débarqua quelques minutes plus tard et s'affala en soupirant sur son lit. Je savais ce que cela annonçait.

Il sortit un cahier de son cartable, puis se tourna vers moi en prenant un air dégagé :

– Sébastien, mon gars, j'ai…

– … un marché à te proposer, terminai-je.

– Celui-ci vaut vraiment le coup, insista Jérémy. Si en plus de recopier mon devoir de bio tu fais mes exos d'éducation civique, je sortirai les poubelles les lundis, mardis et vendredis, même s'il pleut.

Je n'étais pas dupe : cet échange soit-disant intéressant me laissait encore quatre jours de poubelles par semaine, et avec le dimanche, qui compte double parce qu'il y a toujours plus de choses à jeter !

Je refusai net :

– Pas question. Trouve autre chose !

Je retournai à ma lecture de *L'encyclopédie du spectre* pour étudier cette histoire de variations de température. L'épais volume confirma ce que je pensais : le froid était la preuve irréfutable de la présence d'esprits maléfiques. La cabane de l'arbre mort était bien hantée !

Jérémy, qui n'avait pas encore ouvert son cahier de travaux dirigés, revint à la charge :

– Alors quoi ? Qu'est-ce que tu veux en échange de ces malheureux exercices ?

J'eus une illumination :

– Que tu m'aides à reconstruire la maison dans l'arbre !

À force d'avoir affaire à ses marchandages permanents, j'avais fini par apprendre quelques trucs de mon frère. J'ajoutai donc :

– C'est à prendre ou à laisser !

– Tu rigoles, j'espère ! protesta-t-il. Ça prendrait trop de temps de remonter cette vieille cabane, c'est une véritable ruine. Je préfère encore faire mes devoirs tout seul.

– Réfléchis ! insistai-je. Ce serait génial ! Tu te rends compte ? Une maison de deux étages rien que pour nous ! Sans personne pour venir nous embêter !

Je pris une grande feuille blanche et commençai à tracer un plan de notre futur repaire.

– Ça fait quand même beaucoup de travail, marmonna Jérémy.

Mais mon dessin acheva de le convaincre.

– Waouh ! Tu crois vraiment qu'on arrivera à fabriquer ce monte-charge avec la poulie pour aller au deuxième étage ? s'exclama-t-il, soudain enthousiaste.

– Évidemment ! Sauf si tu refuses de m'aider…

J'exagérai un peu l'importance de sa contribution. Il n'est pas très doué pour les travaux manuels… Je voulais seulement qu'il soit là quand l'apparition reviendrait. Je voulais que mon frère admette enfin que j'avais raison. Et pour cela, j'étais prêt à supporter sa présence des jours entiers, même au milieu des bois.

Je repris avec entrain :

– Allez, Jérémy ! Ce sera super. Qui viendra nous obliger à faire nos devoirs, là-bas ?

– Hmm… fit-il en se grattant la tête. D'accord, je te suis.

Je savais bien qu'il finirait par céder ! Je suis plus

malin qu'il croit. Je quittai mon bureau et allai à la fenêtre pour regarder vers les bois.

– Mais, attention, c'est ton idée ! ajouta Jérémy. C'est donc toi qui feras le plus gros du travail !

Quelle mesquinerie ! J'allais lui répondre, mais ma voix s'éteignit dans ma gorge : je venais d'apercevoir une lueur qui dansait du côté du grand chêne.

– Jérémy, viens voir ! chuchotai-je. Vite !

– Quoi encore ? ronchonna-t-il.

Il se traîna paresseusement jusqu'à la vitre et s'y appuya en mettant les mains autour de ses yeux.

– Ça alors ! Il y a une lueur là, dehors !

– Qui peut bien se promener dans les bois en pleine nuit ? m'étonnai-je.

La lumière allait et venait en vacillant. On aurait dit une âme en peine. « Est-ce le fantôme que j'ai vu tout à l'heure ? » me demandai-je. Mais si c'était lui, pourquoi avait-il besoin de s'éclairer la nuit ?

Il n'y avait qu'une façon de le savoir : aller voir ! Quelle ne fut pas ma surprise quand Jérémy se dirigea vers son placard et en sortit un pull !

– Cette fois-ci, autant se protéger du froid, expliqua-t-il en l'enfilant. Eh bien, qu'est-ce que tu attends ? On y va ! Dépêche-toi !

Il me prit par la main et m'entraîna.

Ça a parfois du bon d'avoir un grand frère !

Avant de quitter la chambre, il pensa à allumer la radio pour que nos parents ne se doutent de rien. Ils sont tellement habitués à nous entendre nous chamailler que notre silence leur aurait paru suspect ! Dans les escaliers, nous évitâmes soigneusement la troisième marche, celle qui grince. Puis nous traversâmes la cuisine à pas de loup. Au passage, j'attrapai une lampe de poche. Une fois à la limite du bois, je l'allumai.

Mais il faisait si sombre que nous trébuchions sans arrêt sur des racines et des pierres. Très vite, Jérémy commença à se lamenter :

– Mais qu'est-ce qu'on vient faire ici ?

À chaque pas, il râlait un peu plus. Je lui aurais bien dit de se taire, mais je ne voulais pas l'énerver. Il aurait pu faire demi-tour et me laisser seul dans le noir.

À la moitié du chemin, il changea de refrain :

– Quel froid ! Ce n'est pas possible, un froid pareil !

Il commençait à me taper sur les nerfs, mais il n'avait pas tort, il faisait vraiment très froid. C'était

bon signe : le fantôme n'était sûrement pas loin !
Enfin, on arriva au vieux chêne.
– Tu vois quelque chose ? me souffla Jérémy à l'oreille.
– Non… Si, là, regarde ! m'écriai-je. Un reflet dans les feuilles !
La lueur disparut aussitôt. Je me calai solidement sur mes pieds pour résister à la peur qui m'envahissait et ne pas m'enfuir en courant.
– Il y a quelqu'un ? appelai-je d'une petite voix.
J'aperçus de nouveau un scintillement, puis plus rien.
Soudain, j'entendis un son étrange : « Swouch, swouch, swouch. »
– Qu… qu'est-ce que c'est ? bégayai-je.
Jérémy était pâle comme un linge. Quelque chose s'agitait dans la pénombre.
« Swouch, swouch, swouch. »
C'était comme un frôlement de pieds glissant sur l'herbe, et ça se rapprochait.

4

Paniqué, j'éclairai les buissons avec ma lampe. Tout à coup, on entendit une sorte de rire.

– Éclaire un peu par ici, chuchota Jérémy.

Je dirigeai la torche dans la direction qu'il m'indiquait. Deux formes humaines s'avançaient vers nous... Deux filles qui se trémoussaient dans le faisceau de la lampe ! Deux filles bien vivantes ! Moi qui m'apprêtais à entrer enfin en contact avec un revenant, je tombais sur des filles !

– Qui êtes-vous ? Qu'est-ce que vous faites ici ? demanda Jérémy en s'avançant à leur rencontre.

– Je suis Lucy Brennan, répondit la première en souriant. Et voici ma sœur Betty.

Elles avaient toutes les deux des yeux bleus et de longs cheveux noirs. Lucy les portait noués en longues tresses, alors que ceux de sa sœur des-

cendaient en une sombre cascade bouclée jusqu'à sa taille.
Elles semblaient avoir à peu près le même âge que moi. Pourtant, je ne les avais jamais croisées à l'école.
– On est ici parce que…, reprit Lucy, eh bien…
– La forêt est à tout le monde, coupa Betty. Je vous trouve bien curieux ! D'ailleurs, on ne vous a pas sonnés !
– D'accord, d'accord, répondis-je en guise d'excuse. On est juste surpris de vous trouver dans les bois à cette heure. Vous êtes nouvelles dans le coin, non ?
Lucy voulut répondre, mais Betty parla avant elle.
– On est en vacances, expliqua-t-elle. Et comme on ne connaît pas grand-monde dans le quartier, on s'ennuie un peu…
– Ce soir, on s'est échappées, continua Lucy, on s'embêtait trop.
– Nous aussi, on est sortis en douce, avouai-je.
Lucy sourit avec compréhension. C'était manifestement la plus gentille des deux. Quant à Betty, elle parut soulagée.
– On doit rentrer, annonça-t-elle. Nos parents vont finir par s'apercevoir de notre absence.

– Nous aussi, répondis-je. On se reverra, j'espère… On viendra souvent par ici, on va reconstruire la cabane.

J'éclairai les branches du vieil arbre. Les filles me fixèrent avec une expression de terreur sur le visage.

– Qu'est-ce que tu dis ? demanda Betty.

– On a décidé de rebâtir cette cabane. Vous voyez, il y a un reste de plancher, et…

Betty m'interrompit :

– Vous ne pouvez pas faire ça !

– Ah bon ? Pourquoi ? demanda Jérémy.

Betty regardait ailleurs, gênée, tandis que sa sœur tortillait nerveusement le bout de ses nattes.

– Il ne faut pas la reconstruire, articula Lucy en détachant les mots. Parce que… À cause de…

– À cause de la malédiction ! termina Betty.

5

– La malédiction ? demandai-je avidement.

Une malédiction dans ces bois, si près de chez nous ? Quelle chance extraordinaire ! J'avais hâte d'entendre la suite.

– On ne peut pas vous en dire plus, reprit Betty sur un ton qui ne présageait rien de bon. Mais, si vous ne voulez pas avoir d'ennuis, ne revenez jamais ici !

– Ma parole, elles cherchent vraiment à nous faire peur ! dit Jérémy en se tournant vers moi. Désolé, ça ne marche pas avec nous ! Pas vrai, Sébastien ?

– Non, ça ne marche pas !

Lucy raviva aussitôt ma curiosité :

– Vous feriez mieux de nous écouter… Parce que… il paraît que des enfants ont déjà eu la même idée que vous. Et ensuite… comment dire ?

Ces filles commençaient à m'agacer sérieusement avec leurs mystères !

– Qu'est-ce qui s'est passé ? les pressai-je. Ils sont morts, c'est ça ? Comment est-ce arrivé ?

Betty pinça sa sœur à l'épaule et lui coupa la parole pour la énième fois :

– Ça ne sert à rien de ressasser ces vieilles histoires ! S'ils ne sont pas complètement fous, ils ne viendront plus ici, c'est tout.

– Mais pourquoi ? Expliquez-nous un peu !

Le mépris affiché de Betty m'exaspérait. Les dizaines de récits que j'avais lus sur les fantômes me revinrent à l'esprit :

– Je sais ! Cet arbre est hanté !

Betty avait déjà tourné les talons.

– Viens, Lucy ! ordonna-t-elle. Laisse tomber ces deux andouilles, tu vois bien qu'il n'y a rien à faire !

Lucy ébaucha un sourire gêné.

– On doit partir maintenant, s'excusa-t-elle. Notre mère va s'inquiéter…

Si nous avions un peu insisté, elle nous aurait sûrement tout raconté. Mais Betty l'en empêcha.

– Viens, je te dis ! grogna-t-elle en poussant sa sœur devant elle.

Lucy eut à peine le temps de nous adresser un

timide signe de la main. Elles étaient déjà engagées sur le chemin quand Betty s'arrêta pour nous lancer un dernier avertissement :

– Vous êtes prévenus ! Si ça tourne mal, ce sera votre faute !

Le lendemain, à l'école, je fus incapable de me concentrer. Les dernières paroles de Betty résonnaient dans ma tête. Qu'est-ce que cela voulait dire ? La maison de l'arbre mort était hantée, je l'aurais parié…

En cours de mathématiques, au lieu d'écouter la maîtresse, je passai l'heure entière à dessiner des plans de cabanes sur la couverture de mon cahier. Sur certains, je rajoutai une silhouette assise au bout d'une branche. Ce n'était qu'une forme vague, car je ne savais pas vraiment à quoi pouvait ressembler un spectre. Du moins, pas encore !

J'avais l'impression que la classe ne finirait jamais. Dès que la sonnerie retentit, je fonçai jusque chez nous pour fouiller dans le garage. Je trouvai deux cartons que je remplis d'outils, de vis et de clous rouillés. Je préparai aussi quelques vieilles planches.

Mais il me manquait encore un élément, posant bien plus de problèmes : mon frère Jérémy. Vautré sur le canapé du salon, il regardait un feuilleton à la télévision en se goinfrant de chips.

Je passai à l'attaque :

– On y va ? Il faut commencer avant la nuit.

Les yeux collés à l'écran, Jérémy ne bougea pas d'un poil.

– Je ne veux pas louper la fin, répondit-il. On n'a qu'à attendre samedi.

– Mais tu as vu cette série au moins dix fois ! grommelai-je.

Je lui arrachai la télécommande des mains :

– Je te rappelle qu'on a passé un marché !

– Le marché ne précisait pas *quand* je devais t'aider, marmonna-t-il. De toute façon, il n'y a pas le feu.

– Le vieux chêne est hanté, j'en suis sûr ! Quelqu'un est mort là-bas, et c'est son esprit que j'ai vu errer !

Jérémy secoua la tête :

– Tu sais quoi, Sébastien ? Quand je t'écoute, je me demande si ça tourne rond, chez toi…

– Eh bien, il n'y a qu'une chose à faire pour nous mettre d'accord : accompagne-moi dans la clairière, et on verra si les fantômes existent, oui ou non.

Jérémy se leva mollement du sofa :

– D'accord, mon gars, tu as gagné ! Seulement, je te préviens : si aucun monstre maléfique ne nous attaque d'ici la fin des travaux, tu devras reconnaître que j'avais raison ! Tu ne parleras plus jamais de fantômes et tu laisseras tomber toutes tes encyclopédies… Ça marche ?
– Ça marche, cédai-je pour en finir. Maintenant, allons-y.
Nous allâmes récupérer le matériel que j'avais préparé. Inutile de préciser que mon fainéant de frère choisit le carton le plus léger ! Je pris la tête de l'expédition, et nous pénétrâmes dans les bois.
– Ce n'est pas vrai ! s'écria Jérémy. Il fait encore plus froid qu'hier soir. La prochaine fois, je prendrai mon blouson !
– Les lieux hantés sont toujours très froids, ça a été prouvé scientifiquement, lui expliquai-je.
Là, mon frère piqua une colère :
– Quelle tête de mule ! S'il fait froid, c'est à cause des arbres ! Ils sont trop hauts, et le soleil n'arrive pas à percer à travers les branches. Les sous-bois ne se réchauffent jamais, c'est tout !
Quand il se fut calmé, nous avançâmes sans prononcer un mot. Mon carton pesait plus lourd à chaque pas. J'évitai de proposer l'échange à

Jérémy, de peur de déclencher une nouvelle dispute. À quelques mètres de l'arbre mort, je m'arrêtai pour scruter les ombres. Rien à signaler. Je déposai mon attirail et me retournai vers mon frère. Je n'en croyais pas mes yeux !

– Ça alors ! m'écriai-je. Où est le tien ?

– Le mien quoi ? demanda Jérémy d'un ton moqueur.

– Ton carton !

– Je l'ai laissé à la porte du garage. On a déjà assez de bazar avec ce que tu trimballes, tu ne trouves pas ?

– Quoi ? Et notre marché ? Tu devais m'aider, non ? hurlai-je. Pas rester à ne rien faire en me regardant transporter des tonnes de matériel !

– Ça va, du calme, maugréa-t-il. Je vais le chercher, ton carton !

En le voyant s'éloigner, je compris que j'avais fait une erreur. Je connaissais suffisamment bien ses habitudes pour deviner ce qui allait se passer. Il y avait de grandes chances pour qu'il ne revienne pas.

D'abord, il déciderait qu'il avait soif, et il irait chercher un grand verre de limonade. Après, il avalerait quelques chips, histoire de reprendre des forces. Puis, comme de toute façon il n'arriverait pas à tenir le paquet de chips tout en portant son carton, il s'offrirait une petite pause devant la télévision pour les finir à son aise. Et ainsi de suite, jusqu'à l'heure du dîner, où il serait temps pour moi de rentrer à la maison.

J'étais déçu, mais je savais que je ne pouvais rien attendre de plus de la part de Jérémy. Après tout, j'étais capable de me débrouiller sans lui ! Même si sa présence m'aurait rassuré dans ces bois inquiétants…

Mon cœur battait à tout rompre quand je commençai à déballer ce que j'avais apporté.

J'étais impressionné par le calme sinistre qui régnait dans la clairière. Les taillis alentour bruissaient dans la pénombre. « Jérémy avait raison à propos du soleil : la forêt est trop épaisse pour laisser passer ses rayons. » De toute façon, à présent, il faisait presque nuit. Un frisson me parcourut l'échine quand je regardai l'arbre gigantesque qui se dressait devant moi.

« Tu voulais rencontrer un fantôme ? Eh bien, vas-y ! » m'encourageai-je avec une pointe d'ironie.

Je me dirigeai timidement vers le chêne pour exa-

miner de plus près l'échelle clouée au tronc. Je m'assurai de sa solidité en secouant le premier barreau, et me mis à grimper. Arrivé au second barreau, je levai le regard vers la masse sombre du feuillage. Une rafale de vent glacé souffla au-dessus de moi. Je tremblais de la tête aux pieds. « Respire un bon coup, me dis-je pour me redonner du courage. Ce n'est pas le moment de flancher ! »
Je me hissai sur l'échelon suivant.
Soudain, j'entendis un craquement sec. Mes pieds glissèrent dans le vide : le troisième barreau venait de lâcher ! Dans un réflexe désespéré, je jetai mes bras autour de l'arbre et cherchai un appui où poser les pieds.
Je ne sais comment je réussis à me hisser et à atteindre le quatrième échelon, mais j'y restai un long moment, suspendu entre ciel et terre. Je peinais à retrouver mon souffle et claquais des dents à cause du vent qui me glaçait les os. J'inspirai profondément pour apaiser les battements de mon cœur.
– Encore un échelon et j'y suis, dis-je à voix haute.
Je restai cependant incapable de faire un geste, paralysé par le vertige. Dans cette position incon-

fortable, je pensais à ce que j'allais dire à mon frère, dès que j'aurais la preuve de l'existence des fantômes : « Jérémy, mon gars, eh bien, j'en ai vu un ! Tu vois, tout le monde peut se tromper, même toi. »

Ces pensées me donnèrent du cran pour reprendre l'ascension. Parvenu au cinquième et dernier échelon, j'examinai le sol de la plate-forme qui constituait le premier étage de la cabane. Une bonne moitié avait été dévorée par l'incendie, mais ce qui subsistait avait l'air solide. Pour m'en assurer, je frappai sur les lattes qui se trouvaient à ma portée. Puis je me hissai à bout de bras à travers la trappe qui s'ouvrait au-dessus de l'échelle.

C'est alors que quelque chose de velu et de moite me balaya le visage. Je poussai un hurlement-terrifié.

6

Je tentai d'éviter ce contact gluant, mais le spectre s'était enroulé autour de moi.

– Va-t'en ! m'égosillai-je en étouffant. Laisse-moi tranquille !

Je me tortillais dans tous les sens... J'étais pris dans une sorte de filet, comme une toile d'araignée...

Une toile d'araignée ? Je ne me battais donc pas contre un fantôme, mais contre une vulgaire araignée... Je n'étais pas sorti d'affaire pour autant, car la toile épaisse me collait à la peau. Je m'empêtrai davantage en essayant de me dégager. Ma bouche, mes oreilles, mes narines étaient envahies de fils visqueux.

– Ho ! Ouste ! À l'aide ! m'étranglai-je en battant l'air de gestes désordonnés.

Je sentis soudain une piqûre me brûler la main. Je ne pris pas le temps de réfléchir, je me laissai tomber dans le vide sans même chercher à attraper l'échelle.

Je glissai le long du tronc et m'écrasai au sol… aux pieds de Jérémy !

– Débarrasse-moi de ce truc ! braillai-je. Vite ! J'étouffe !

Il enleva son blouson. Je le lui arrachai des mains et me frottai frénétiquement le visage.

– Ça va mieux ? demanda mon frère.

J'acquiesçai en gémissant :

– J'ai failli y rester !

– Tu t'es fait peur tout seul. Voilà ce qui s'est passé, oui !

Qu'est-ce qu'il en savait ? Il n'aurait pas fait le malin, à ma place !

– Eh ! reprit-il, et si c'était cela, la fameuse « malédiction » dont parlait Betty ?

Mon frère était-il en train de reconnaître que j'avais raison ? Je n'en croyais pas mes oreilles !

– La célèbre malédiction des araignées cannibales ! ajouta-t-il en éclatant de rire.

C'était trop fort ! Encore une fois, il se moquait de moi.

– Ah, c'est malin, râlai-je. Vraiment très drôle.
Et j'ajoutai pour moi seul : « Demain, Jérémy, je m'arrangerai pour que tu passes devant. On verra bien qui rira le dernier quand tu te retrouveras coincé dans ces toiles d'araignés géantes ! »

Le lendemain, c'était samedi. Enfin un jour entier pour se consacrer aux travaux à la cabane ! Je me levai tôt, avalai mon petit déjeuner en vitesse et, assis sur la souche du sapin abattu par mon père, j'attendis mon frère. Ma montre indiquait huit heures : Jérémy n'allait pas tarder.
Je le vis soudain tourner au coin de la maison sur sa bicyclette. Je n'en crus pas mes yeux : j'attendais là, planté comme un piquet, et monsieur faisait du vélo ! Il pila devant moi et laissa tomber sa bicyclette sur le gazon.
– Alors, tu es prêt ? lançai-je en me relevant.
– Ouais, tout ce qu'il y a de plus prêt !
Il me tourna le dos et ajouta :
– Prêt à retourner me coucher.
– Ah non ! m'exclamai-je en courant lui bloquer le passage. Tu as promis de m'aider !
– Peut-être, mais là, je retourne me coucher, désolé ! Je viendrai t'aider plus tard.

Il me repoussa sans ménagement et pénétra dans le couloir.
– Ah là là ! C'est trop bête ! Qu'est-ce que je vais faire de tes croissants ? dis-je pour l'appâter. Tu sais, les croissants fourrés à la confiture et au chocolat que tu aimes tant !
Jérémy se retourna d'un coup :
– Tu as des croissants ?
– Oui… Je suis passé à la boulangerie avec maman, tout à l'heure.
– Bon, eh bien, envoie ! ordonna-t-il. C'est pour nous deux, non ?
Il fit un pas en avant et essaya de m'arracher le sac.
– Ce n'est pas maman qui les a achetés, c'est moi, avec mon argent de poche ! protestai-je en reculant. Et je les emporte à l'arbre mort !
Je le poussai du coude et détalai vers la forêt. Je l'entendis qui courait derrière moi. À mi-chemin de la clairière, il me rattrapa et s'empara du sac, qu'il fouilla avec voracité. Il en sortit deux croissants.
– Sébastien, mon gars, ce n'est pas si facile de me semer ! déclara-t-il en engouffrant une première bouchée.
Une fois rassasié, il accepta de me suivre. Je

connais mon frère, il ne pense qu'à son estomac ; après, j'en fais ce que je veux !
En arrivant au pied du chêne, je lui montrai un vieux masque de peintre en bâtiment :
– Aujourd'hui, c'est ton tour de te débrouiller avec les toiles d'araignée. Mets ce truc-là, ça t'évitera d'en avoir jusque dans les narines.
– Je n'en ai pas besoin, répondit-il avec assurance.
Il commença à grimper le long du tronc. J'observais sa progression d'en bas. Malgré la matinée claire et ensoleillée, les branchages restaient plongés dans une obscurité profonde. Un coup de vent froid agita les branches.
Jérémy atteignit la trappe et se hissa sur le plancher. Soudain il hurla :
– Oooh non !
– Qu'est-ce qu'il y a ? l'interpellai-je, plein d'espoir. Un spectre ?
– Mais non, imbécile ! J'ai oublié de prendre le marteau, répondit-il en s'esclaffant. Passe-moi celui qui a la tête recourbée, je vais commencer à arracher les pans de mur les plus abîmés. Et pendant que tu y es, apporte-moi des planches neuves, que je remplace tout de suite celles-ci.

Je ne savais pas ce qui me décevait le plus : l'absence de fantômes ou de toiles d'araignée ? Je portai à Jérémy ce qu'il m'avait demandé, puis commençai à réparer l'échelle, en bas de l'arbre. Je sciais des bouts de bois pour en faire des barreaux.

Tout en travaillant, je réfléchissais. Jérémy avait peut-être raison : la veille au soir, j'avais dû paniquer. Mais cela ressemblait quand même aux manigances d'un revenant. Mes encyclopédies étaient formelles sur ce point : certains d'entre eux sont capables des pires horreurs pour se débarrasser de la présence des vivants.

J'arrachai les vieux échelons de l'échelle et en clouai de nouveaux à la place. En fouillant dans une caisse à la recherche d'un clou à peu près droit, je m'aperçus soudain que je n'entendais plus les coups de marteau. J'appelai :

– Jérémy ! Ça va ?

Pas de réponse.

« Il n'a pas intérêt à s'être endormi, maugréai-je. Surtout vu ce que j'ai dépensé comme argent pour ses fichus croissants ! »

– Jérémy ?

Au-dessus de moi, je ne percevais que le bruis-

sement du feuillage. Intrigué, je grimpai aux premiers barreaux.
C'est alors que je vis la lourde griffe noire et recourbée du marteau plonger droit sur moi.

7

Je m'écartai du tronc pour l'éviter et roulai au sol. Tchac ! L'outil s'écrasa à quelques millimètres de mon nez. Encore étourdi par ma chute, je me mis à hurler :

– Jérémy ! Tu as failli me tuer !

Je me redressai péniblement, le pantalon déchiré et le genou en sang. Mon frère ne répondait toujours pas.

– Allez, réponds ! Je sais que tu es là-haut !

Aucune réaction. J'escaladai de nouveau les échelons et passai la tête dans la trappe, avec mille précautions cette fois.

La plate-forme était déserte. Mon frère avait disparu !

– Jérémy !

– Qu'est-ce que tu as à brailler comme un âne, mon gars ?
C'était la voix de mon frère. Il venait d'apparaître à l'orée de la clairière, un paquet de chips à la main. Je le regardai, stupéfait.
– Mais… Qu'est-ce que tu fais là ?
– Je suis rentré à la maison pour chercher de quoi manger ! dit-il en brandissant le paquet orange. Tu t'acharnais tellement à scier que tu ne m'as même pas vu passer… Tu en veux ?
– Non ! criai-je, excédé. Tu avais laissé le marteau au bord du plancher ! J'ai failli être assommé !
– Qu'est-ce que tu racontes ? Je l'avais posé au milieu de la plate-forme.
– Certainement pas ! hurlai-je. Je n'ai pas rêvé !
– Bien sûr que si ! cria Jérémy encore plus fort.
– Eh ! Qu'est-ce qui se passe ici ? C'est la guerre ou quoi ?
Betty s'avançait vers nous, accompagnée de sa sœur.
– On vous entend depuis la rue, dit Lucy en lissant ses nattes.
Je leur montrai l'arme du crime :
– Ce truc m'est tombé dessus et m'a presque fracassé le crâne !

– Quel truc ? demanda Lucy avec impatience.
Elle faisait une drôle de tête. Je ne m'attendais pas à ce que mes malheurs l'intéressent à ce point.
– Jérémy avait laissé son marteau en équilibre, repris-je. J'ai failli mourir à cause de cet abruti !
– Ça recommence, soupira Betty. Exactement comme la dernière fois…
Les deux sœurs baissèrent les yeux, l'air grave.
– Comment ça, la dernière fois ?
C'était maintenant au tour de Jérémy de s'énerver.
– Vous avez dû le contrarier, et il s'est mis en colère, expliqua Betty.
– Le marteau s'est mis en colère ? Qu'est-ce que c'est que ces salades ?
J'étais hors de moi. Ces deux filles me rendaient fou avec leurs devinettes à la noix.
– Non, ce n'est pas ça…, murmura Lucy.
– Alors expliquez-vous ! m'emportai-je.
– Laisse tomber ! Elle raconte n'importe quoi, trancha Jérémy. Il y a forcément une explication logique. Le vent a dû le pousser vers la trappe. Ou bien c'est un écureuil qui s'est pris les pattes dedans…
– Croyez ce que vous voulez, coupa Betty. Nous vous avons prévenus !

Je me tournai vers Lucy, mais elle resta silencieuse.
Betty poursuivit :
– Il doit être furieux, maintenant. Et personne ne sait ce qui peut arriver quand un fantôme se met en colère !

8

Un fantôme ! Je le savais !

– Parlez-moi de lui ! les suppliai-je.

Betty se tourna vers sa sœur :

– Je crois qu'il va falloir leur dire, Lucy. Sinon, ils resteront ici, et après il sera trop tard…

Nous nous assîmes en cercle dans l'herbe. Avant de parler, Betty jeta un regard inquiet autour d'elle.

– Il y a bien longtemps, commença-t-elle enfin, trois enfants de notre âge ont construit ce repaire. Ils avaient dessiné d'abord des centaines de plans, car ils voulaient que ce soit la cabane la plus parfaite au monde. Ils passèrent des semaines et des semaines dans cette clairière, à scier et à clouer, et à tout arranger pour que leur rêve se réalise…

– Brrr ! Je commence déjà à avoir peur, s'ébroua mon frère en roulant de gros yeux.

– Ne t'occupe pas de lui, continue, dis-je à Betty, impatient.
Elle reprit son histoire :
– Le soir où ils ont enfin terminé leur construction, ils ont décidé de dormir sur place. Ils ont apporté de la nourriture et des sacs de couchage.
J'écoutais en silence.
– Mais, soudain, continua Betty, le vent s'est levé. Les branches du grand chêne secouées par une violente tempête craquaient en gémissant. Un coup de tonnerre a fait hurler de terreur les enfants. Ils voulaient rentrer chez eux, mais ont dû y renoncer, tellement il pleuvait fort. Un éclair aveuglant a brusquement déchiré les nuages. La foudre s'est abattue directement sur la cabane, qui s'est enflammée comme une botte de paille.
Betty avala sa salive. « Voilà pourquoi la cabane est calcinée ! » pensai-je.
– Comme les enfants s'étaient réfugiés à l'étage supérieur, ils ne pouvaient pas s'échapper, reprit Betty. Les flammes les ont encerclés en un instant. Une fumée noire et épaisse a envahi les branches, et pénétré dans leurs poumons. Ils avaient beau appeler à l'aide…
– On raconte que par certaines nuits d'orage leurs

cris résonnent encore dans la forêt, murmura Lucy.
Je regardai l'arbre maudit avec anxiété, imaginant les appels désespérés de ces enfants. Je frissonnai.

– Et alors ? C'est tout ? claironna Jérémy. Il n'est pas bien terrible, votre mystère ! Je ne vois pas ce qui nous empêcherait de reconstruire la cabane. Nous, au moins, on n'est pas assez bêtes pour y rester pendant un orage !

– Non, ce n'est pas tout, Jérémy, l'interrompis-je. Je crois deviner la suite… Depuis ce temps, le lieu est hanté, c'est ça ? Hanté par les fantômes de ces trois victimes !

Betty acquiesça en hochant la tête. Puis elle continua :

– Plusieurs années après cet accident, d'autres enfants ont entrepris de restaurer la cabane. Mais ils ne sont jamais arrivés au bout des travaux…

Un pressentiment sinistre s'empara de moi. Dans un souffle, je lâchai :

– Qu'est-ce qui leur est arrivé ?

– Personne ne l'a jamais vraiment su, soupira Betty. Au début, il y a eu de petits incidents. Un des garçons est tombé de l'échelle…

– N'importe quoi ! coupa Jérémy. Le bois était

pourri, et il a cédé ! Pas de quoi en faire un drame !
– Ce n'était pas un vieux barreau, mais un de ceux qu'il venait de fixer. Et, plus tard, un autre enfant a attrapé une fièvre bizarre : il avait été piqué par une araignée…
Une piqûre d'araignée : moi aussi j'avais été piqué quand la toile s'était collée à mon visage…
– C'était comme si on leur avait jeté un sort, poursuivait Betty. Les travaux n'en finissaient pas. Le matin, ils retrouvaient les planches qu'ils avaient clouées la veille éparpillées autour du chêne. Ils ont fini par renoncer à reconstruire la cabane. Mais l'un d'entre eux ne voulait pas s'avouer vaincu et il a décidé de continuer seul. Il s'appelait Sammy, je crois.
– Et il a eu des problèmes, lui aussi ? demanda Jérémy.
– Il venait ici chaque après-midi, répondit Betty. Mais, un jour, il n'est pas rentré. Son frère l'a retrouvé sous l'arbre, assommé par un marteau…
– Il… il était mort ? balbutiai-je.
– On n'en a jamais rien su. Sa famille a déménagé brusquement après l'accident, et personne n'a plus osé s'approcher d'ici.
Je scrutai les bois qui nous encerclaient. Pas un

bruit. Le silence était impressionnant.
– Voilà l'histoire de cette cabane. Maintenant vous comprenez pourquoi vous devriez arrêter ces réparations, conclut Lucy. Il serait même plus prudent de partir tout de suite.
– Tu as raison, allons-nous-en, l'appuya Betty en se levant. Cet endroit me donne froid dans le dos.
– Vous venez ? fit Lucy en se tournant vers nous.
Je ne répondis pas. Trop de pensées se bousculaient dans ma tête. Les araignées… le marteau… ce garçon assommé…
Mais l'envie de vivre une aventure était la plus forte. Au bout de quelques instants, ma décision fut prise :
– Non, nous avons encore pas mal de choses à terminer aujourd'hui. Si vous passez dans le coin un de ces jours, venez nous faire une petite visite…
Betty me dévisagea longuement, consternée. Elle dit :
– Je ne crois pas que nous reviendrons. Je ne tiens pas à m'occuper de vos cadavres.
Elle prit Lucy par le bras et l'entraîna en courant. Elles disparurent dans les fourrés.
– Elles sont complètement folles, dit Jérémy en haussant les épaules. Encore plus que toi, Sébas-

tien ! Elles ont vraiment l'air d'avoir peur qu'un spectre ne vienne par ici nous faire guili guili !

– Tu ne les crois pas ? lui demandai-je, surpris.

– Ça, non ! Sébastien, mon gars, je te répète pour la cinquantième fois : les revenants n'existent pas. Tu peux me faire confiance, je suis ton aîné.

– Puisque tu sais tant de choses, rétorquai-je, explique-moi comment le marteau a pu se promener sur plus d'un mètre et venir se jeter sur ma tête ?

Mon frère leva les yeux au ciel et me tourna le dos sans répondre.

– Je vais te le dire, moi, continuai-je. C'était un avertissement ! Une mise en garde de la part du fantôme ! N'oublie pas que je l'ai vu, moi.

9

Ce ne fut pas simple de convaincre Jérémy de m'aider à poursuivre les travaux, jour après jour, pendant toute la semaine. Cela me coûta des heures de discussions acharnées et une bonne dizaine de croissants.

Le vendredi, rien ne put retenir mon frère auprès de moi. C'est le jour de son cours de musique avec l'orchestre du collège. Il se prend pour un artiste, parce qu'il doit frapper deux ou trois coups de cymbales durant la répétition !

Je décidai donc de continuer la réparation de la cabane sans lui. En m'avançant dans les fourrés, cet après-midi-là, j'hésitais quand même un peu : « Ce n'est peut-être pas une très bonne idée de t'aventurer seul par ici, me sermonnais-je. Le fantôme décrit par Betty et Lucy n'a pas l'air spécialement sympathique. » D'un autre côté, s'il y en avait vraiment un, je ne voulais pas le manquer.

Je repensai à la triste histoire racontée par les filles : les piqûres d'araignée, l'échelon mystérieusement brisé et le marteau meurtrier… Jusqu'ici, j'avais été plus chanceux que cet autre garçon, Sammy. Mais cela allait-il durer ?

La clairière s'ouvrit devant moi. J'y fis quelques pas avant de me figer.

– Oh, non ! m'exclamai-je.

Les planches patiemment assemblées durant cette semaine gisaient à terre, hérissées de clous tordus. Toute la clairière en était parsemée.

Je levai les yeux vers la cabane. Personne, pas le moindre mouvement. Je m'approchai lentement de l'arbre hanté, le cœur battant. J'atteignis la base du vieux tronc et restai là, perplexe, dans l'attente d'une catastrophe. Mais rien ne se produisit.

Je commençai donc à réparer les dégâts en jetant de temps en temps un coup d'œil nerveux autour de moi. Cela me prendrait des heures pour tout remettre en état ! Je sentis monter en moi une telle colère que je finis par en oublier ma peur.

– Hé, fantôme ! Trouve une meilleure idée pour me chasser ! m'écriai-je. Je suis coriace, moi !

J'avais lancé ce défi dans un silence plus menaçant que jamais.

« Bravo, Sébastien, c'est malin, me dis-je. Continue comme ça, et le spectre viendra t'expliquer sa façon de voir les choses à coups de pied dans le derrière. Tu l'auras bien cherché ! »

Un calme absolu régnait aux alentours.

Je ramassai les clous éparpillés par terre et les entassai dans un carton. J'avais perdu beaucoup de temps à les redresser pour pouvoir les planter, et maintenant il fallait tout recommencer à zéro. Je maudissais Jérémy encore plus que le fantôme. Pourquoi mon frère s'inventait-il toujours quelque chose à faire ailleurs à chaque fois que j'avais besoin de lui ?

Après les clous, j'entrepris de rassembler les planches. En ramenant la dernière vers le tas que j'avais fait à quelques mètres du chêne, je regardai machinalement vers la cabane, et restai bouche bée.

Là-haut, sur le tronc, il y avait quelque chose que je n'avais jamais remarqué jusque-là. Je m'avançai de quelques pas en clignant des yeux pour m'assurer que je ne rêvais pas. On aurait dit de grands coups de griffes ! Je ne connaissais aucun fauve capable de faire des traces aussi larges et profondes, et ne m'expliquais pas comment une bête de cette taille avait pu grimper aussi haut.

Une chose était sûre : ces marques ne se trouvaient pas là avant. Je me rapprochai un peu plus… Ce n'était pas les traces laissées par un animal fabuleux. C'était pire ! Imprimée profondément dans l'écorce, comme une brûlure, je distinguai une tête de mort. Un message était inscrit en dessous. Avec une horreur grandissante, j'en déchiffrai les lettres grossièrement tracées :

A – L – L – E – Z – V – O – U – S – E – N

« Allez-vous-en ! »

10

– Reviens sur terre ! me répéta mon frère pour la centième fois. Les fantômes n'existent pas, mets-toi ça dans le crâne !

– Et les signes gravés sur le tronc, alors ?

– Sébastien, mon gars, j'ai une théorie très simple à ce sujet : je pense que c'est toi qui les as tracés… pour me faire marcher ! m'accusa-t-il. Mais, tu vois, c'est raté !

Je l'aurais étranglé ! Je réussis à me contrôler et lui proposai un arrangement :

– Il y aurait bien un moyen de se mettre d'accord, une fois pour toutes… Ce soir même !

– Ah oui ? Et lequel ? demanda Jérémy.

– Nous allons dormir dehors pour surveiller ce qui se passe dans la cabane. Et nous rencontrerons le fantôme.

Il me fallut des heures pour convaincre Jérémy de m'accompagner.

– Tu veux que je reste dans la forêt par ce froid polaire ? Tu rêves ! En plus, il y a un bon film à la télé ce soir !

– Tu n'aurais pas la trouille, par hasard ? insinuai-je pour le provoquer.

– Pas du tout ! Pourquoi aurais-je la trouille de trucs qui n'existent pas ? C'est toi qui paniques tout le temps ! Tu claques des dents au moindre bruit ! Je n'ai pas envie de dormir là-bas, c'est tout.

J'employai alors les grands moyens :

– Je croyais que tu avais besoin que je te donne des idées pour ta rédaction ? Tu dois la rendre lundi, non ?

Après quelques secondes d'hésitation, Jérémy accepta ma proposition : il m'accompagnerait et, en échange, je l'aiderais à faire son devoir de français. Il ne sait jamais quoi écrire, il n'a aucune imagination !

Notre décision était prise : nous allions traquer le fantôme sur son propre territoire.

– Tu m'as demandé de venir dormir ici, grogna

Jérémy en se tortillant dans son sac de couchage. Et c'est justement ce que je vais faire ! Reste debout si ça te chante. Bonne nuit !

J'étais scandalisé :

– Et si le spectre apparaît pendant que tu dors ? Tu ne voudras jamais me croire !

– Si par miracle tu en vois un, tu n'as qu'à me réveiller. Et je te préviens, Sébastien, tu n'as pas intérêt à me déranger pour rien, sinon je te flanque une raclée !

Puis il roula sur le côté et ferma les yeux.

J'avais pour unique compagnon ce gros crétin de frère ! Enfin ! Il valait toujours mieux être mal accompagné que seul au milieu de ces bois, en pleine nuit !

Quant à moi, je n'étais pas venu pour me reposer. Je m'assis en tailleur sur mon duvet et installai à portée de ma main l'attirail que j'avais préparé : une lampe de poche, un appareil photo, une paire de jumelles, un dictaphone. J'avais aussi apporté un thermomètre pour repérer les chutes de température censées précéder les apparitions surnaturelles. Enfin, au pied du vieil arbre, j'avais disposé en guise d'offrande une assiette remplie de gâteaux, de chocolat et de chips.

Je me suis toujours demandé ce que mangeaient les fantômes. Malheureusement, aucun de mes livres ne le précisait. J'avais donc essayé de parer à toute éventualité en mélangeant du sucré et du salé.

Le dispositif était prêt. J'enclenchai la touche « enregistrer » de mon dictaphone et dis d'une voix un peu tremblante :

– Essai : un-deux, un-deux. Essai terminé. Ici Sébastien Brown. Nous sommes le vendredi 21 avril, il est 22 heures 38. Mon assistant, Jérémy Brown, et moi-même avons réussi à nous introduire sans incident dans le bois de la Peur. Nous avons établi notre camp de base à l'orée de la clairière, dissimulé dans les buissons. Ils sont très épais, et j'espère que ce sera suffisant pour nous cacher : je veux observer le spectre en détail avant d'établir le contact. Il fait déjà trop sombre pour photographier les signes sur l'écorce… On verra demain !

Jérémy renifla bruyamment entre deux ronflements.

– Mon assistant s'est endormi, continuai-je. J'assure seul la garde du campement. C'est tout pour l'instant. Terminé.

J'arrêtai la bande du dictaphone et dirigeai mes jumelles vers la cabane. Je n'y vis ni lumière, ni mouvement.

Soudain j'entendis une sorte de crissement très faible, provenant de l'arbre mort. Quelque chose s'agitait là-bas. Je voulus secouer Jérémy, mais je me ravisai, ne sachant pas encore ce que c'était. Si j'avais le malheur de me tromper, mon bourreau de frère m'écorcherait vif !

Je continuai à scruter la pénombre. Il n'y avait rien. J'aurais bien allumé ma lampe électrique, mais je ne voulais pas que la chose qui rôdait sous le chêne me découvre.

Dans le silence oppressant, je tendis l'oreille. Le crissement reprit. L'air me sembla plus froid tout à coup, et je me mis à grelotter, malgré mon épais blouson. Je jetai un coup d'œil sur le thermomètre : il indiquait cinq degrés de moins que lors de notre arrivée !

J'avais la chair de poule. Mon cœur s'emballa ; en tremblant, j'enclenchai le dictaphone.

Il était encore trop tôt pour réveiller Jérémy. Il me fallait des preuves concrètes.

Le bruit recommença, plus fort cette fois-ci. Je luttais contre l'envie de me réfugier au fond de mon sac de couchage. Je ne pouvais pas faire ça ; je devais au contraire tenter de m'approcher. Pas question de laisser ma proie s'échapper !

Tenant fermement ma lampe-torche, je me glissai jusqu'au buisson suivant. Le crissement continuait, signe que la créature ne m'avait pas repéré.

À quatre pattes, je me faufilai d'arbre en arbre ; puis, une fois dans la clairière, je courus vers le vieux chêne. Mon cœur affolé semblait sur le point d'éclater.

Arrivé au pied de la cabane, je me cachai derrière un gros rocher et risquai un coup d'œil. Je ne voyais toujours rien ; par contre je percevais très bien le bruit. Rassemblant mon courage, je tendis la lampe à bout de bras et l'allumai.

Deux prunelles jaunes apparurent dans le faisceau lumineux. C'était un chat ! Un vieux matou gris qui mâchouillait tranquillement les gâteaux destinés au fantôme !

Je poussai le plus long soupir de ma vie et essuyai du revers de la main la sueur glacée qui me coulait sur le visage.

Crac !

La bête fonça dans les fourrés.

Crac !

Par réflexe, je me jetai à plat ventre et éteignis ma lampe.

Crac ! Crac !

Quelqu'un marchait sur la première plate-forme.

« Cette fois, ça y est », pensai-je en m'aplatissant davantage. J'aurais voulu entrer sous terre. Mais je m'obligeai à battre en retraite vers notre camp de base. En retenant ma respiration, les yeux rivés sur la cabane, je rampais à reculons.

Le clair de lune me permit de voir l'une de ses parois trembler, comme si quelqu'un s'acharnait dessus. Puis j'entendis distinctement le grincement des clous arrachés du bois tendre. Il y eut un grand « scratch ! » et une planche s'éleva dans les airs.

Je fis volte-face et me mis à hurler :

– Jérémy ! Le fantôme est revenu ! Il démolit notre repaire !

11

Je m'élançai vers notre campement.

BLAMM !

La planche s'écrasa à un pas de moi.

Je me jetai sur Jérémy comme un dément :

– Réveille-toi, debout !

– Mmmh… Quoi ? marmonna-t-il en se frottant les yeux.

CRAATCH !

Une autre planche s'envola de la cabane en sifflant.

– Cours ! criai-je, paniqué. On va se faire assommer !

PLAAF !

La planche s'abattit sur mon sac de couchage.

Je m'enfuis, talonné par Jérémy. Il fallait atteindre la maison avant que le spectre ne nous rattrape. Une branche me fouetta le visage, et du sang coula sur ma joue. J'avais du mal à respirer, tant mes poumons me brûlaient. J'aurais bien voulu m'arrêter pour souffler un peu ; mais c'était une question de vie ou de mort. Enfin, je débouchai dans le jardin.

Ouf ! Sain et sauf ! Mais... Mon frère s'en était-il tiré ? Je m'arrêtai d'un seul coup et me retournai brusquement vers la forêt pour vérifier.

Il m'évita de justesse.

– Qu'est-ce que..., commença-t-il.

Mais sa bouche se figea : il écarquilla des yeux horrifiés, fixés sur quelque chose derrière moi. Je n'eus pas le temps de regarder. Une grande patte velue m'attrapa par le col, me soulevant au-dessus du gazon !

12

Mes jambes flottaient dans l'air. J'allais m'évanouir de terreur ! Dans un ultime sursaut, j'implorai le monstre invisible :

– Je vous en prie, laissez-moi partir... Je promets que je ne m'approcherai plus de votre territoire... Pitié !

Mais la créature ne me lâcha pas.

– Qu'est-ce que vous faites ici ?

Je reconnus la voix de mon père. Haletant, je tentai de lui expliquer :

– Nous... nous avons campé dans les bois pour attraper le fantôme. Mais c'est lui qui a fini par nous chasser...

– Qu'est-ce qui se passe ? demanda à son tour ma mère.

Elle se tenait debout sur le pas de la porte,

resserrant la ceinture de sa robe de chambre.
– Ça suffit, rentrez à la maison ! ordonna papa. Sébastien et Jérémy chassaient le fantôme dans la forêt, expliqua-t-il à maman. En pleine nuit !
Elle nous tint la porte ouverte avec un air désolé.
– Vous êtes inconscients, nous reprocha-t-elle. On ne peut pas vous faire confiance…
– Pourquoi hurliez-vous comme ça ? demanda papa. Que s'est-il passé ?
– Oh, rien, répondit Jérémy.
Je restai interloqué par son aplomb.
– Ce n'est pas vrai, protestai-je. Ce sont les planches qui…
– Comme vous n'avez pas l'air d'accord, m'interrompit mon père, allez vous coucher, on en reparlera demain.
Penauds, Jérémy et moi regagnâmes notre chambre. À la seconde où il refermait la porte, je demandai à mon frère :
– Pourquoi tu n'as rien dit ?
– Parce qu'il n'y avait rien à dire. Tu t'es encore fichu la frousse tout seul et tu as filé en braillant. Je t'ai simplement suivi.
– Ben voyons ! m'écriai-je, scandalisé. Tu n'as pas eu peur, peut-être ?

– Non, Monsieur, répondit-il posément. Il n'y avait vraiment pas de quoi.
– Ah oui ? Des planches hérissées de clous qui volent partout et qui nous tombent dessus, tu trouves ça normal ?
– Tu parles d'un événement ! Une bicoque pourrie qui tombe en morceaux !
– Réfléchis un peu ! Les planches ne se sont pas arrachées toutes seules ! C'est le fantôme qui les a jetées sur nous. Il ne veut pas qu'on s'installe dans son arbre, alors il démolit la cabane et nous la balance à la figure ! C'est exactement comme dans l'histoire de Betty !
Jérémy perdit patience.
– Sébastien, maintenant tu vas m'écouter ! Il n'y a jamais eu de fantôme ! déclara-t-il en détachant les syllabes.
– Prouve-le !
En réponse, il me jeta un regard assassin, puis il ouvrit le tiroir de sa commode et enfila un gros pull en laine.
– Tu m'énerves, à la fin ! Lève-toi, on y retourne.
– Quoi ?
– Tu es sourd ? cria-t-il en mettant son blouson. J'en ai marre de tes histoires. On va passer la nuit

là-bas, et tu seras obligé d'admettre une fois pour toutes que les esprits n'existent pas !
Jérémy ouvrit la porte.
– Allez, viens ! chuchota-t-il.
Mais je ne bougeai pas. J'avais eu assez d'émotions pour une soirée, et je n'avais pas du tout envie de retourner à l'arbre mort. C'était bien trop effrayant. Quant à ce que mon grand frère allait penser de moi, je m'en moquais.
– Sébastien, dépêche-toi !
Je fis non de la tête.
– Ha ! Ha ! Ça y est, tu te dégonfles !
Jérémy triomphait. J'étais partagé entre l'envie de lui sauter dessus et celle de me glisser sous mes couvertures. Hélas, il ne me laissait pas le choix. À contrecœur, je le suivis dans l'escalier.
– Dou-ce-ment, siffla Jérémy entre ses dents alors que nous passions devant la porte de la cuisine. Papa et maman ne sont pas encore couchés…
On entendait leurs voix derrière la cloison.
– Je me fais du souci pour Sébastien, disait maman. Il ne pense plus qu'à ses histoires de revenants…
– Ne t'en fais pas, répondit papa. Si tu avais vu sa tête quand je l'ai surpris dans le jardin ! Il avait

l'air terrorisé. Je crois que l'expérience de ce soir va lui remettre les idées en place.

– Je l'espère… Si tu allais vérifier s'ils dorment bien, tous les deux ?

– Vite, on remonte ! souffla Jérémy en me poussant vers les marches.

Nous regagnâmes notre chambre en catastrophe. Jérémy ferma la porte derrière nous. D'un bond, je fus dans mon lit ; je tirai les draps sur moi. Papa arrivait sur le palier. Je me rendis compte que nous n'avions pas éteint. Il était trop tard pour se relever… Je fermai les yeux et tentai de ralentir ma respiration.

La porte s'ouvrit.

– Ils doivent être drôlement secoués, chuchota papa. Ils ont laissé la lumière, comme autrefois, quand ils avaient peur du noir.

À ce moment, je réalisai que mon pied droit dépassait du lit, alors que je n'avais pas retiré mes tennis. J'étais cuit !

Mon père resta un long moment immobile, sans rien dire. Devais-je ramener discrètement mon pied sous la couverture ? Cela n'allait-il pas attirer son attention ? Dans ce cas, il me faudrait une excuse valable, et je n'en voyais aucune.

Papa fit un pas à l'intérieur de la chambre. Un tic nerveux agitait mes paupières. La gorge serrée, je me préparais à la catastrophe... Enfin j'entendis le déclic de l'interrupteur. Papa referma la porte. Ouf !

– On attend que les parents soient couchés et on tente à nouveau le coup, murmura Jérémy. Crois-moi, cette nuit, tu prononceras le mot « fantôme » pour la dernière fois !

Un quart d'heure plus tard, nous marchions vers la maison de l'arbre mort.

– Allez, dépêche-toi ! m'ordonna Jérémy. On a du boulot ! Nous devons inspecter chaque centimètre carré de cette fichue baraque !

Une fois au pied de l'arbre, il me poussa vers l'échelle. On n'entendait plus aucun bruit suspect. Je pensai que l'étrange visiteur avait dû partir, et posai le pied sur le premier échelon. Mais quand je levai la tête, je vis une forme indistincte qui flottait entre les branches. Mes doigts s'enfoncèrent dans le bras de Jérémy.

– Aïe ! protesta-t-il.

– Regarde... Il est là, il nous attend !

13

– Je ne vois rien, dit Jérémy. Allez, grimpe !

– Mais le fantôme est là, je te dis ! Je viens de le voir descendre vers le premier niveau !

– Chouette alors ! J'ai hâte de lui serrer la pince.

Mon frère m'envoya une bourrade pour me décider à monter.

– Arrête, il ne faut pas le provoquer ! chuchotai-je. Souviens-toi de ce qui est arrivé à Sammy…

Sammy, Sébastien : je réalisai soudain que nos deux prénoms commençaient par la même lettre. Étais-je destiné à devenir la prochaine victime du bois de la Peur ?

Jérémy se mit à chantonner :

– Hou-hou, Monsieur le spectre, c'est nous ! Vous allez bien ? On vient vous faire une petite visite !

Il se croyait vraiment drôle, mon abruti de frangin !

J'essayai de le faire taire :

– Puisque ça t'amuse tellement, tu n'as qu'à passer le premier…

– Sûrement pas ! Tu oublies que c'est TON revenant !

Je n'avais plus qu'à m'incliner. Je montai sur le premier barreau. J'avais si peur que je n'arrivais pas à avaler ma salive.

Jérémy me poussa.

– Tu te décides, oui ou non ? On ne va pas y passer des heures. Je me gèle, moi !

Je me hissai sur le second barreau. Plus que trois !

« Ah ! Tu voulais avoir des sensations fortes ? pensai-je. Eh bien, tu es servi ! »

Jérémy me bouscula une nouvelle fois. Je cherchai du pied le troisième barreau, puis me souvins que je ne l'avais pas encore remplacé. Ce qu'il en restait était sans doute trop moisi pour soutenir mon poids ! J'essayai donc d'atteindre le quatrième, mais le manquai et glissai vers le sol, entraînant Jérémy dans ma chute.

Ma tête heurta le rocher. Trop sonné pour pouvoir me relever, j'ouvris lentement les yeux. Et là, je découvris deux êtres livides qui semblaient planer au-dessus de moi.

Comme dans un cauchemar, leurs bras se tendaient dans ma direction.

– Allez-vous-en ! hurlai-je.

– Lève-toi, Sébastien ! cria Jérémy.

Ce n'était pas une hallucination ! Mon frère les avait vus comme moi.

14

Deux fantômes d'un seul coup. C'était incroyable ! Je restai pétrifié, incapable de réagir.
– Ne me faites pas de mal ! couinait Jérémy.
– Laissez-nous, suppliai-je.
Un sinistre hululement nous répondit.
Puis les spectres se mirent à rire. Quel rire étrange ! Un rire de petites filles. Un rire de cour de récréation…
Betty et Lucy !
C'étaient bien elles, étendues sur le ventre au premier étage de la maison, la tête dépassant de la trappe ! Elles riaient à s'en étouffer.
Et le pire, c'est que ce traître de Jérémy se joignit à elles !
– Beuuuh, un fantôme ! s'esclaffa-t-il. Oh là là, j'ai peur !

Ainsi, j'avais été le dindon de la farce. Je me sentis rougir comme une pivoine. Au bord des larmes, je serrai les poings tellement fort que mes articulations blanchirent.

– Bande de malades ! Vous trouvez ça drôle ?

Lucy dégringola de l'échelle, suivie de Betty. Dans un éclair de lucidité, j'ajoutai :

– C'est vous qui avez organisé depuis le début cette mise en scène, hein ? Le marteau, les planches, les bruits bizarres, c'était pour nous faire peur !

Elles hésitèrent un instant avant de répondre.

– Ben oui, admit Betty. Vous ne vouliez pas nous écouter, alors on a décidé de hanter la maison nous-mêmes.

« C'est bien ma chance ! Je voulais voir un fantôme, et tout ce que je trouve, ce sont deux gamines qui s'acharnent à me rendre fou ! »

– On vous a bien eus, hein ? s'exclama Lucy en sautillant.

Ses nattes dansaient autour d'elle.

– Tu as gobé mon histoire jusqu'au moindre détail ! carillonna Betty.

– C'est parce que j'ai l'esprit ouvert, protestai-je. D'ailleurs, des tas de savants sérieux croient que…

– Arrête ! coupa Jérémy. Tu t'es fait avoir, reconnais-le.

– Nous avons passé la journée à mettre cette farce au point, expliqua Betty. C'est vraiment du travail, de faire le fantôme ! Heureusement qu'on est en vacances…

Apparemment, Jérémy trouvait la situation amusante. Il renchérit :

– Je lui ai dit des milliers de fois que les revenants n'existent pas. Mais il s'obstine à y croire dur comme fer…

– Ferme-la ! hurlai-je. Et vous aussi ! Fichez-moi la paix !

– Allez, ne t'énerve pas comme ça ! dit Lucy pour me calmer. Je comprends l'importance que les fantômes ont pour toi… Mais…

Elle noya la fin de ses excuses dans un flot de gloussements. Jérémy reprit la parole, avec sa grosse voix de grand-frère-je-sais-tout que je déteste :

– Sébastien, mon gars, je te ramène à la maison. Tu as eu assez d'émotions pour ce soir !

– Et… toi… toi, alors ? Tu… tu as crié aussi fort que moi !

J'étais dans une telle fureur que je trébuchais sur les mots.

– Je n'ai pas crié. Tu as rêvé, comme d'habitude. Allez, rentrons maintenant !

Betty et Lucy voulaient qu'on reste encore un peu, mais je n'en avais aucune envie : je les avais assez vues pour le moment ! Profondément humilié d'être tombé dans le piège, je suivis Jérémy.

Dès que nous fûmes cachés par les broussailles, il se retourna et me saisit par les épaules :

– Je vais te tuer ! Tu nous as fait passer pour des crétins !

– Comment ça, des crétins ? Tu avais l'air de trouver ça très drôle, pourtant !

– Je faisais semblant, je n'avais pas le choix ! J'ai été surpris à chercher des fantômes comme un gamin. C'est vraiment la honte ! Tu me le paieras !

– Je te rappelle que c'est toi qui m'as obligé à y retourner cette nuit !

Comme je lui avais cloué le bec, nous fîmes le reste du chemin en silence. Sur le pas de la porte, Jérémy ne put s'empêcher de déclarer :

– En tout cas, je ne veux plus que tu me parles de fantômes, compris ?

Arrivé à notre chambre, je me débarrassai en toute

hâte de mes chaussures, j'escaladai mon lit et m'écroulai, épuisé. Malgré ma fatigue, je ne réussis pas à trouver le sommeil immédiatement.
Les rires de Betty et Lucy tintaient toujours à mes oreilles. Je grinçais des dents en marmonnant : « Je les maudis, je les hais, je les déteste. » Je me mis à me tourner et à me retourner dans mon lit : impossible de m'endormir !
– Arrête de gigoter ! grogna Jérémy.
Pour le faire enrager, je secouai le lit de plus belle. Jérémy râla dans un demi-sommeil, mais bientôt je l'entendis ronfler.
Je fermai les yeux afin de réfléchir un peu. Soudain, je me redressai : je la tenais, ma vengeance ! Il fallait flanquer à Lucy et à Betty la plus grande frayeur de leur vie !
Il ne me restait plus qu'à trouver comment m'y prendre.

15

Le lendemain, une suite de contrariétés s'abattit sur moi.

Pour commencer, Jérémy me réveilla à sept heures : comme convenu, c'était à moi de sortir la poubelle. Or il pleuvait et, évidemment, elle pesait des tonnes. La descendre jusqu'à la rue me prit un temps fou. En remontant, j'étais trempé.

Dans la cuisine, je tombai sur mon père, qui me présenta une liste de corvées assez longue pour m'occuper le reste de la journée.

– Comme ça, ton frère et toi, vous serez bien trop fatigués pour avoir envie de partir en vadrouille cette nuit…

Ha ! Ha ! Très drôle !

Avant de me mettre à la corvée numéro un – nettoyer le garage –, je voulus m'accorder un solide petit déjeuner avec des corn flakes, mes céréales préférées. Seulement, la boîte était vide ! Mes parents n'en prennent jamais, je me dis donc que c'était Jérémy qui les avait finies. Et comme il n'aime pas ça non plus, j'en déduisis que c'était le début de sa vengeance. Il ne me pardonnerait jamais de l'avoir ridiculisé devant les filles !

J'étais d'une humeur massacrante lorsque je me mis à nettoyer le garage. Deux heures plus tard, je trouvai Jérémy sur le canapé du salon, plongé dans la lecture d'une bande dessinée. Je lui demandai ce qu'il attendait pour venir m'aider.

– Je ne vois pas pourquoi je t'aiderais, me lança-t-il. Tout est ta faute !

Par je ne sais quel miracle, la journée s'écoula sans que j'en vienne à assassiner mon frère. Il faut dire que j'étais pas mal absorbé par mon projet de revanche… Tout en me débattant dans la remise avec des kilomètres de câbles électriques et des tonnes de clous, je cherchais un moyen de me venger des deux sœurs.

En rangeant les pots de peinture, je m'imaginais en train de leur teindre les cheveux en vert ou en orange. Le temps de ranger et balayer le garage,

j'inventai une centaine de supplices à leur faire subir.
Mais je n'avais toujours pas trouvé de vengeance assez épouvantable pour les effrayer pour le reste de leurs jours.
Plus tard dans l'après-midi, après avoir enfin terminé mes corvées, je décidai de retourner à la maison dans l'arbre. « Une dernière fois », pensai-je.
Je ne craignais plus d'y rencontrer des esprits. Je restais persuadé de leur existence, mais je savais désormais que le vieux chêne n'était pas hanté.

Je fis le tour du tronc pour examiner l'état d'avancement des travaux. Cela se présentait bien, malgré les dégâts faits par les filles.
À côté du carton à outils, je ramassai dans l'herbe une des planches que Betty et Lucy nous avaient lancées à la figure. Machinalement, je la nettoyai un peu, puis me saisis d'un marteau. Je grimpai dans l'arbre et la remis en place.
Je fis de même avec les autres planches éparpillées par terre. Ce n'était pas facile de les remonter tout seul, mais je ne me débrouillai pas trop mal.

Je ne vis pas le temps passer. Quand arriva l'heure du dîner, j'avais déjà réparé deux pans de mur du premier niveau. Je réalisai que je pourrais finir la rénovation, même en travaillant seul.
En retournant à la maison, c'est tout juste si je ne dansais pas de joie : « Ce sera mieux qu'un château fort. Les filles pourront toujours me supplier, je ne les laisserai jamais monter ! »

Ce soir-là, je restais assis dans mon lit, les yeux perdus dans le vague, ruminant toujours ma vengeance... quand, tout à coup, je vis des lumières bouger dans l'arbre mort !
– Jérémy, tu ne vas pas en croire tes yeux ! m'exclamai-je, oubliant aussitôt ma rancune.
– Je ne t'écoute pas, répondit-il sans lever le nez de sa bande dessinée.
– Ah bon... Je pensais que ça t'intéresserait de savoir que les filles sont revenues dans NOTRE cabane...
Il sauta de son lit pour se précipiter vers la vitre.
– Ça alors ! s'écria-t-il. Elles nous prennent vraiment pour des abrutis... Même toi, tu n'es pas assez bête pour tomber deux fois dans le panneau !

Je ne relevai pas la méchanceté de cette remarque. Ses paroles me donnèrent une idée :
– Cette fois, c'est nous qui allons les piéger ! Habille-toi tout en noir : T-shirt, pantalon, chaussettes, et viens avec moi, le suppliai-je. C'est la dernière fois, je te promets. Comme ça, on sera à égalité avec ces pestes.
Il hésita et jeta un nouveau coup d'œil à l'extérieur.
– Ton plan, c'est quoi ? demanda-t-il.
– Ce soir, c'est à nous de jouer les revenants. On va se cacher et leur coller la trouille de leur vie !
– Elles vont comprendre leur douleur, dit-il avec une grimace.
En quelques instants, nous nous retrouvâmes tous les deux habillés en noir de la tête aux pieds. Jérémy avait même retrouvé une vieille casquette assortie. À pas de loup, nous nous faufilâmes dans le jardin.
Il nous fallait progresser sans aucun bruit pour ne pas alerter les filles. Nous n'avions pas pris de lampe et, trébuchant dans l'obscurité du bois, je trouvais le chemin bien long. Mais finalement la clairière apparut. Tout en marchant, je n'avais cessé de marmonner : « Pourvu qu'elles soient encore là, pourvu qu'elles soient encore là ! » Je

scrutai la frondaison du chêne et détectai une lumière au premier étage : mon vœu était exaucé ! Nous nous glissâmes jusqu'à l'échelle. J'étais tellement tendu que chaque son semblait amplifié : la respiration de Jérémy, le crissement de mes tennis dans l'herbe humide, les battements de mon cœur…

« Pourvu qu'elles ne nous entendent pas maintenant ! Pas si près du but ! » Au pied de l'arbre, je fis signe à Jérémy que j'allais passer devant, et me hissai sur le premier échelon. J'assurai mon équilibre, et montai sur le second, en faisant attention à chacun de mes mouvements pour ne pas trahir ma présence. J'atteignis le troisième, que j'avais remplacé dans la journée, puis le quatrième. Il n'en restait plus qu'un. Enfin, je tendis la main vers la trappe, à la recherche d'une prise solide. Jérémy se tenait derrière moi, prêt à bondir.

Je rassemblai alors mes forces et jaillis sur le plancher en poussant des cris abominables. Mais ce que je découvris me terrifia tellement que mes cris devinrent des hurlements. Je crus ne plus jamais pouvoir m'arrêter.

16

Je faisais face à un fantôme… un VRAI fantôme ! Il se précipita sur moi et je sentis ses doigts gelés se refermer sur ma gorge. D'un geste désespéré, je réussis à me dégager de son étreinte et reculai jusqu'à la cloison.

C'est alors que Jérémy sauta à son tour sur le plancher, en imitant le loup-garou. Quand il se trouva nez à nez avec *la chose*, ses hurlements se transformèrent en glapissements de lapin… Le spectre étendait ses bras translucides, brandissant ses poings menaçants devant mon frère tétanisé. Je vis avec horreur qu'il se dirigeait vers Jérémy. Déclenchant une rafale de vent glacial, il souleva sa victime et l'envoya atterrir près de moi. Puis la trappe se referma dans un choc terrible.

Mon frère et moi reculâmes en chancelant vers

le coin opposé. Malgré le froid devenu insupportable, je transpirais à grosses gouttes. La sueur dégoulinait dans mes yeux, mais je ne cillai pas, fasciné par le fantôme qui s'avançait vers nous en flottant au-dessus du sol.
Jérémy tremblait de tous ses membres.
– Que… que va-t-il faire de nous ? bégaya-t-il.
Je ne pouvais pas prononcer un mot. Paralysé par la peur, je fixais les yeux terrifiants du fantôme. Il se rapprochait de plus en plus. Les lèvres étirées dans un affreux rictus, il leva un bras livide pour nous attraper. La température chuta encore d'au moins dix degrés. Je claquais des dents. À présent, l'horrible apparition était juste devant nous.
« Ne reste pas là sans rien faire. Réagis, bon sang ! » me dis-je.
Je sautai alors entre ses jambes et me jetai à plat ventre sur la trappe. J'agrippai la poignée et la secouai frénétiquement. Mes mains tremblantes glissèrent sur le métal gelé.
Le fantôme émit un mugissement furieux, puis s'éleva dans les airs.
– Vite, Sébastien ! cria Jérémy. Il arrive !
La trappe céda enfin, juste au moment où le spectre s'abattait sur moi… Ou plutôt, à travers moi ? Un

froid glacial me parcourut. Le fantôme me barra le passage, flottant au-dessus de l'ouverture. Son haleine givrée me sauta au visage. J'étais aveuglé par l'éclat de ses prunelles rouges et hargneuses. Il referma la trappe d'un coup sec. Puis sa voix caverneuse résonna :

– Restez tranquilles ! Vous ne pouvez plus m'échapper.

17

Le fantôme répéta sa terrible sentence :
– Je ne vous laisserai pas partir. C'est trop tard maintenant.
J'espérais que Jérémy tenterait quelque chose, mais j'abandonnai cet espoir quand je le vis recroquevillé dans son coin, les yeux hagards et la bouche entrouverte en une grimace de terreur.
Je réussis à articuler quelques mots :
– Qu… qu'est-ce que tu veux ?
– J'ai besoin de votre aide, dit le spectre.
Sa voix parut un peu plus douce.
– De notre aide ? Pour quoi faire ? Qui es-tu ?
Mon audace m'étonna moi-même : j'étais en train de discuter avec un spectre ! Il faut dire qu'il ressemblait à un garçon tout ce qu'il y a de plus normal, sauf qu'il était… transparent !

– Je m'appelle Alexandre, poursuivit l'apparition. Du moins, on m'appelait comme ça lorsque j'étais en vie...

– Alors je ne rêve pas : tu es vraiment un fantôme ! m'exclamai-je en jetant un regard vers Jérémy.

Mais ce n'était guère le moment de savourer ma victoire : j'avais mille questions à poser à cet Alexandre.

– C'est comment, d'être mort vivant ?

Il hésita avant de répondre :

– Je ne sais pas... C'est un peu comme quand on dort... Je ne suis pas très sûr... C'est la première fois que je réapparais. Avant, j'étais coincé entre ces planches, là, et je végétais dans une sorte de coma... Mais tu m'as sorti de là !

– Moi ?

– Oui, toi, Sébastien. Plus tu travaillais dans la cabane, plus je me sentais grandir. À présent, je peux de nouveau bouger et voir... J'ai une voix, et un corps... enfin, une sorte de corps. Depuis ma mort, j'étais resté immobile... Mais il y a encore un problème : je suis trop faible, et je n'arrive pas à quitter cet arbre maudit.

– Co... comment devient-on un esprit ? lui

demandai-je, follement intéressé.
– Je suis mort ici. J'ai été tué par la foudre.
– Tu as entendu, Jérémy ? L'histoire de Betty était vraie !
Mon frère ne disait rien. Il avait subi un sacré choc, le pauvre. Quant à moi, je n'avais plus du tout peur. Cet être venu de l'au-delà ne paraissait pas bien méchant, finalement. J'avais même un peu pitié de lui, en considérant son air triste et solitaire.
– Tu as dis que tu avais besoin de nous ? murmurai-je. Qu'est-ce qu'on peut faire pour toi ?
– Terminer les travaux, répondit-il. Je suis enfermé ici depuis des années. Si vous allez au bout de la reconstruction, je serai assez fort pour m'échapper de cette prison…
« C'est tout ? songeai-je. Facile ! On a presque fini. »
– Alors, vous m'aiderez ? insista le spectre d'Alexandre.
– Ouais… Mais à une condition.
Mon frère m'avait pris de vitesse en répondant à ma place.
Le revenant flotta jusqu'à lui. Je m'arrêtai de respirer quand j'entendis qu'il avait abandonné sa

voix d'enfant pour reprendre un ton dur et froid :

– Une condition ? tonna-t-il. Un petit être ridicule comme toi se permet de poser des conditions !

18

Incroyable ! Alors que, pendant que j'affrontais seul le danger, mon courageux grand frère grelottait en se cachant la tête dans les mains, maintenant, il voulait marchander. Il allait tout gâcher ! Jamais on n'en sortirait vivants !

J'essayai de l'interrompre avant qu'il n'aggrave encore notre situation :

– Quel besoin tu as de…

Jérémy ne me laissa pas terminer.

– On t'aidera à une seule condition, déclara-t-il au fantôme. Que tu nous aides à nous venger des deux filles.

– Si j'accepte, vous finirez sans traîner ?

– Absolument ! acquiesçai-je, comprenant tout à coup où mon frère voulait en venir.

– Alors, c'est entendu, conclut Alexandre.

– D'accord, répondit Jérémy. Voici notre plan…

La semaine suivante, nous travaillâmes sans relâche, chaque jour après l'école. J'avais du mal à reconnaître Jérémy, tant il avait changé. Il ne lisait plus de bandes dessinées et ne retourna pas une seule fois à la maison sous prétexte d'avoir faim. Je n'eus même pas besoin d'acheter des croissants pour l'attirer dans la clairière. Si bien que le samedi suivant les travaux étaient presque terminés. La maison de l'arbre mort était splendide !

Juché sur le toit, j'appelai Jérémy :

– Tu peux m'envoyer des clous ?

– Tiens, attrape !

Il m'en lança une pleine poignée. Les clous volèrent par-dessus le toit et retombèrent par terre. Mon frère recommençait ses âneries.

– Tu es vraiment obligé de faire l'idiot ? lui reprochai-je.

– Sébastien, mon gars, je meurs d'envie de finir cette baraque pour être enfin débarrassé de toi !

– Tu oublies que nous dormons dans la même chambre, observai-je.

– Plus pour longtemps !

– Ah bon ? Tu t'en vas ?
– Non, mon gars… C'est toi qui pars.
– Ça m'étonnerait, Jérémy…
– Eh si, mon petit. J'ai rajouté un paragraphe à notre contrat avec Alexandre. Comme il a besoin d'un remplaçant pour hanter la cabane à sa place, j'ai pensé à toi… Tu aimes tellement les fantômes ! Je me suis dit que ça te plairait d'en devenir un toi-même.
– De quoi je me mêle ? braillai-je. C'est hors de question !
– C'est embêtant, ça, Sébastien, répondit Jérémy, parce que j'ai signé pour toi et… un contrat est un contrat…
Tout à coup, il éclata de rire :
– Si tu voyais ta tête ! On peut te faire gober vraiment n'importe quoi !
Je m'apprêtais à lui jeter mon marteau à la figure quand j'entendis des voix. C'étaient Betty et Lucy.
– Les voilà ! soufflai-je.
– Je savais qu'elles ne pourraient pas résister à l'envie de venir jeter un coup d'œil, murmura Jérémy.
– Waouh ! Mais… c'est presque terminé ! dit Lucy à sa sœur.

– Oui… Vos combines minables pour nous éloigner d'ici n'ont pas marché, maugréai-je.

Elles faisaient lentement le tour de l'arbre en observant les moindres détails.

– C'est vraiment magnifique, lâcha Lucy. Je parie que ça ressemble exactement à la première cabane !

Betty hocha la tête :

– Ce n'est pas mal ! Mais vous avez eu de la chance de vous en sortir indemnes.

J'ouvris la bouche pour lui conseiller de se taire, mais Lucy me devança :

– Peut-être qu'on nous a raconté des mensonges, finalement…

« C'est ça, essayez de vous rattraper », pensai-je.

– Écoutez, dit Jérémy, si on faisait la paix, tous les quatre ? On organise une petite fête, ce soir, pour la fin des travaux. Vous voulez venir ?

Les deux sœurs ne répondirent pas tout de suite. Betty finit par dire :

– Pourquoi pas ?

– Super ! lança Jérémy. Alors, on se retrouve ici à la tombée de la nuit. On va bien s'amuser !

Betty et Lucy s'en allèrent, et nous, nous nous dépêchâmes de planter les derniers clous, avant de filer à la maison pour avaler à toute vitesse notre dîner. En cachette, nous raflâmes pour notre réception tout ce qui nous tomba sous la main : cacahuètes, chips, canettes de soda.

Dès qu'il fit assez sombre, nous retournâmes dans la forêt. Maintenant que je m'étais habitué à son calme surnaturel, elle ne m'effrayait plus. Après avoir gravi l'échelle, on se prépara pour la soirée. Mon frère enfourna une poignée entière de chips et alla faire le guet à la fenêtre.

– Elles arrivent, souffla-t-il.

En les entendant grimper, Jérémy souleva le panneau de bois de l'ouverture :

– Entrez donc, dit-il en faisant une révérence.

Prudemment, Betty passa la tête, suivie aussitôt de sa sœur. Lucy ouvrait des yeux grands comme des soucoupes.

– C'est vraiment impressionnant... Bravo !

Avec cérémonie, je les invitai à s'asseoir par terre et me mis à verser du soda dans des verres en plastique.

C'est alors que nous entendîmes une sorte de gémissement étouffé.

– Qu... qu'est-ce que c'est ? bégaya Lucy, soudain sur ses gardes.

– Juste le vent dans les branches, expliqua Jérémy.

Mais le son se répéta, beaucoup plus fort cette fois. On aurait dit des pleurs angoissés. Betty prit sa sœur par la main.

– On s'en va, déclara-t-elle en se levant.

Puis elle se dirigea vers la trappe et se baissa pour l'ouvrir. Mais à ce moment-là, une bise glacée souffla à travers la pièce, envoyant les provisions valser dans les airs. Jaillissant d'un tourbillon de cacahuètes, les gobelets allèrent s'écraser contre les murs.

Les yeux remplis d'épouvante, Betty tira de toutes ses forces sur la poignée. Elle devint écarlate sous l'effort. Soudain, le panneau s'ouvrit, livrant passage à Alexandre. Il poussa le hurlement le plus lugubre que j'aie jamais entendu. Les filles se mirent à brailler comme des possédées.

À présent que les travaux étaient terminés, Alexandre était devenu immense ! Il agita sauvagement ses bras translucides au milieu d'un vent de plus en plus furieux. Ses yeux semblaient lancer des éclairs. Il ouvrit une bouche énorme, pleine de crocs noirâtres.

Je m'accrochais de toutes mes forces au plancher pour ne pas m'envoler. À côté de moi, Jérémy s'était mis à rire comme un hystérique. Nous avions réussi : Betty et Lucy étaient en train de vivre la plus grande frayeur de leur vie.

Mais, tout à coup, je sentis que mon cœur s'arrêtait.

19

Les deux sœurs volaient à la rencontre d'Alexandre ! Leurs cheveux noirs étaient devenus gris cendre tandis que leurs corps se décoloraient aussi peu à peu, comme s'ils perdaient de leur substance. Puis une lueur écarlate jaillit de leurs yeux.

– Jérémy… Ce sont des… des fantômes !

J'entendis mon frère s'étrangler devant ce spectacle : les trois spectres dansaient une sinistre farandole, mêlant leurs rires et leurs soupirs de l'autre monde. Je fus pris d'une terreur incontrôlable.

– Sauve-toi ! cria Jérémy.

Je me précipitai vers la trappe, suivi par mon frère, et me laissai glisser le long du tronc. L'écorce rugueuse me laboura la peau des mains et des mollets. Mais plus rien n'avait d'importance : il nous fallait fuir, fuir à tout prix ! Nous fonçâmes à travers la clairière.

Nous avions presque atteint le sentier lorsque les fantômes nous rattrapèrent, nous enfermant dans leur ronde infernale. Je tremblais de tout mon corps. Ils tournaient de plus en plus vite, hurlant comme des démons. Ils paraissaient ivres de rage. Puis le cercle diabolique se resserra sur nous, et Alexandre s'arrêta face à moi, un sourire de triomphe sur les lèvres.

Notre dernière heure était arrivée !

20

– Sortons de là… Maintenant ! criai-je à Jérémy.
Nous nous jetâmes sur les fantômes. Mais ceux-ci nous évitèrent et refermèrent leur cercle sur nous.
Je recommençai et, armé de tout mon courage, fonçai sur les créatures transparentes. Cette fois, je restai collé à elles, englué dans leur chair glaciale. Un froid mortel me pénétra les os. Mes mâchoires claquaient comme des castagnettes. Je suffoquais. J'allais geler sur place !
Alexandre nous avait bien eus en nous faisant terminer la maison dans l'arbre. Nous avions été trop naïfs ! Je jetai un coup d'œil à Jérémy, et vis qu'il n'en menait pas large non plus. Il se faisait tout petit, comme s'il voulait disparaître sous terre…

Je serrai les poings et tentai de me dégager.
– Essayez donc de me retenir ! hurlai-je en me jetant contre la masse glacée qui me cernait.
Betty et Alexandre partirent d'un rire épouvantable.
– Arrêtez ! Ça suffit ! Vous voyez bien qu'ils sont morts de peur !
C'était la voix de Lucy. Les ricanements cessèrent aussitôt ; puis Betty parla :
– Je suis désolée… On voulait juste s'amuser un peu. On ne voulait pas vous effrayer à ce point-là.
– Oui. J'ai l'impression qu'on est allés un peu loin, admit Alexandre.
Comment cela, un peu loin ? On était en plein cauchemar, oui !
– Alex est notre frère, expliqua Lucy. Nous avions perdu l'espoir de le retrouver un jour…
Je restai bouche bée et me tournai vers Jérémy. Il était assis par terre, hébété.
– Les enfants de la cabane, c'est nous, reprit Lucy.
– Quand le chêne a été foudroyé, cette nuit-là, nous sommes morts sur le coup, continua Betty. Lucy et moi sommes devenues des fantômes. Mais Alexandre, qui se trouvait de l'autre côté du tronc,

avait disparu. Depuis ce temps-là, nous l'avons cherché partout.

Lucy me regardait, inquiète. Elle paraissait surprise par mon silence inhabituel. Je restais muet, trop terrifié pour dire quoi que ce soit. Sans un murmure, j'écoutais leur récit.

– Quand vous avez découvert l'arbre mort, poursuivit Lucy, nous nous sommes brusquement retrouvées ici. Nous avons d'abord cru que nous avions été envoyées là pour vous éloigner de la cabane ; une sorte de mission à remplir, si vous voulez. Alors, nous avons essayé de vous faire peur, sans vous blesser, pour vous éviter de connaître le même sort que le nôtre.

Betty reprit :

– Mais nous nous étions trompées. Notre seule mission, c'était de ramener notre frère avec nous. Et vous nous avez bien aidées.

– Merci, ajouta Alexandre, soudain gêné. Je ne pourrai jamais assez vous remercier de m'avoir libéré de ces vieilles planches…

– Oui, Sébastien ! s'exclama Betty. Sans toi, nous ne l'aurions jamais retrouvé !

Un rayon de lune traversa les épais branchages, entourant les trois fantômes d'un halo argenté.

– Je… c'est incroyable…, bégayai-je.
– Mais c'est la vérité, dit Lucy. Je te jure !
– Je… d'accord, je vous crois.
J'hésitai un instant avant d'ajouter, emballé :
– C'est vraiment génial ! Comme ça, si je reviens souvent par ici, vous pourrez me raconter vos secrets et…
– Non, Sébastien, désolé, m'interrompit Alexandre. Nous sommes restés trop longtemps emprisonnés sur terre… Maintenant que tu nous as réunis, nous allons enfin pouvoir quitter ce monde !
À ces mots, une sorte de pont étincelant se forma dans le ciel, menant au-delà des étoiles. Je n'avais jamais rien vu d'aussi extraordinaire.
Les fantômes nous adressèrent un dernier salut qui vint nous frôler comme une brise légère. Puis ils glissèrent sur le chemin céleste et s'effacèrent dans une brume lumineuse.
Je me tournai vers Jérémy :
– Je n'ai pas rêvé… Dis-moi que je n'ai pas rêvé !
Mon frère continuait à fixer le ciel.
– Non, tu n'as pas rêvé, parvint-il à articuler faiblement.
– Dis donc, Jérémy ! Encore un peu, et tu finiras par croire aux fantômes, mon gars ! m'esclaffai-je.

21

Je scrutai à mon tour la voûte étoilée, abasourdi par ce que je venais de vivre. Un sentiment de tristesse m'étreignit le cœur. Il ne nous restait plus qu'à rentrer nous coucher à présent !

Nous marchions côte à côte, songeurs. Les bois me semblaient plus désolés que jamais. Des aiguilles de pin crissaient sous nos pas. Au loin, des animaux nocturnes poussaient de longues plaintes.

Soudain, Jérémy se figea et tourna sur lui-même :

– Eh ! Où sommes-nous ?

Je regardai autour de moi. En effet, l'endroit ne m'était pas familier.

– Nous avons dû nous tromper de chemin, marmonnai-je.

J'essayai de me repérer par rapport à la lune, mais les feuillages trop épais la cachaient à ma vue.

– Je ne me sens pas très bien, avoua Jérémy. Cette histoire m'a vraiment chamboulé…
Il pointa son doigt en direction d'un petit bosquet.
– La maison doit être là. En route !
Je le suivis à travers la forêt. Nous arrivâmes bientôt dans une petite clairière.
Là, un étrange spectacle nous attendait.
Dans la clarté de la lune, j'aperçus une vieille balançoire. C'était un ensemble en bois avec un toboggan sur le côté, le tout dans un état lamentable. Sur la barre supérieure était perché un petit garçon. De longues boucles blondes auréolaient son visage pâle. Il portait un costume de marin, comme dans les vieux films où il y a des voitures à chevaux conduites par des cochers.
Que faisait-il là-haut, perdu dans la nuit ? Était-il resté bloqué sur cette balançoire ?
Il nous aperçut enfin.
– Aidez-moi, supplia-t-il. Je vous en prie, aidez-moi !
Je regardai Jérémy, puis levai les yeux au ciel :
– Oh non ! Ça recommence !

FIN

EXTRAIT

Et si tu tiens vraiment à retourner

RUE DE LA PEUR

lis

ces quelques pages de

CACHE-CACHE

DES MORTS VIVANTS

EXTRAIT

– Randa ! Randa !

Ma petite sœur, que tout le monde appelle Bébé, entra en trombe dans ma chambre.

– Maman dit qu'elle va te tuer ! gloussa-t-elle.

On aurait dit que ça lui faisait plaisir ! Je l'ignorai et passai la tête dans l'escalier.

– J'arrive, maman ! hurlai-je.

– Tu vas être en retard !

– Je sais !

C'était mon premier jour au collège de Stanford. Pour rien au monde je n'aurais voulu arriver en retard ; seulement j'avais vidé ma garde-robe et rien ne m'allait. Je n'avais pas envie de ressembler à une gamine.

EXTRAIT

J'ai douze ans, et malgré mon air sérieux, on me croit toujours plus jeune. D'accord, je suis assez petite et plutôt fluette, mais je ne suis pas si minuscule que ça !

Je me regardai dans le miroir de la penderie et resserrai d'un cran la ceinture de mon jean. Comment s'habillaient les jeunes de Stanford ? Je n'en avais pas la moindre idée ; nous n'étions là que depuis deux jours.

Papa, maman, moi et la petite peste qui me sert de sœur, nous venions de nous installer dans cette ville, rue de la Peur ! Drôle de nom, pour une rue... Même les habitants de Stanford semblent trouver ça étrange. Le jour de notre arrivée, nous étions allées à la poste avec maman. La préposée nous avait jeté un drôle de regard quand ma mère avait donné notre adresse.

– Rue de la Peur, hmm ? avait-elle marmonné en levant un sourcil.

Elle m'avait alors détaillée de pied en cap et avait demandé mon âge.

– Douze ans, avais-je répondu.

– Alors, ça pourra être toi, avait-elle déclaré.
Ma mère et moi avions échangé un regard ahuri, et je n'avais pu m'empêcher de demander :
– Être quoi ?
– Oh, tu le sauras bien assez tôt ! avait-elle dit avec un sourire entendu. Nous serons bientôt le 10 juin. Vous êtes arrivées juste à temps…
Juste à temps, c'était le mot. Changer d'école à la fin de l'année scolaire, tu parles d'une bonne idée ! J'allais terminer ma classe de cinquième avec un tas d'inconnus qui ne savaient rien de moi, et qui décideraient au premier coup d'œil si j'étais sympa ou carrément nulle.
J'ôtai mon jean et enfilai de nouveau ma salopette grise. Ça n'allait pas trop bien avec mes cheveux châtains…
À cet instant, ma mère déboula dans ma chambre.
– Randa ! Si tu changes encore de tenue, je craque ! Garde ta salopette, je t'assure que tu es très bien comme ça.
– Tu vas être punie ! ricana Bébé.
Je lui fis une grimace et elle me tira la langue.
– Ça suffit, les filles ! trancha maman.

EXTRAIT

J'empoignai mon sac à dos et dévalai les marches quatre à quatre.

– Elle va être en retard, elle va être en retard ! chantonnait Bébé dans mon dos.

Personne ne voudrait adopter une teigne de cinq ans ?

Je pressai le pas en arrivant à l'angle de la rue de la Peur et de l'avenue du Parc. Une fois dans l'allée des Aubépines, je me mis à courir. Dix minutes plus tard, l'austère bâtisse du collège de Stanford se dressait devant moi. La cour était déserte. Pas de doute, j'étais bien en retard !

Mon estomac se noua quand je traversai le vaste espace vide qui menait à la porte d'entrée. J'étais un peu nerveuse...

Je poussai de tout mon poids sur le lourd battant de bois. Fermé !

Catastrophe ! Je n'allais tout de même pas rester dehors pour mon premier jour de classe !

Je poussai à nouveau la porte, sans plus de succès. J'étais au bord des larmes. Que faire ?

« Calme-toi, me dis-je. Cette porte ne peut pas

être verrouillée. Ils n'enferment pas les élèves à l'intérieur, c'est impossible ! »

J'essayai d'envisager les choses de manière rationnelle. Je cède toujours un peu vite à la panique. Si je ne me contrôle pas, je me laisse facilement emporter par mon imagination.

Je m'arc-boutai sur le battant, et cette fois, la porte s'ouvrit ! Elle était simplement un peu dure ; pas de quoi s'énerver…

L'écho de mes pas résonna dans le hall désert. J'ajustai mon sac à dos sur mon épaule et jouai nerveusement avec une mèche de cheveux. Je devais tout d'abord me présenter au bureau du directeur. Où pouvait-il bien se trouver ?

Je passai devant des salles de classe. Derrière chaque porte, je pouvais entendre la voix des professeurs. Cela rendait le silence du couloir encore plus pesant.

« J'espère que je n'aurai pas d'ennuis à cause de mon retard, pensai-je. Ils ne punissent tout de même pas les élèves dès le premier jour ! »

Je me trouvai à présent devant un panneau d'affichage couvert de petites annonces et de bulletins

d'information. Un calendrier y était punaisé. Les jours étaient soigneusement rayés jusqu'à aujourd'hui, lundi 22 mai. Une date était entourée de rouge. Le samedi 10 juin.
L'école donnait sans doute une fête ce jour-là. Cette date me disait quelque chose. Ah oui ! C'est la préposée du bureau de poste qui nous en avait parlé.
Au-dessus du calendrier il y avait un message :
PLUS QUE 18 JOURS AVANT L'ANNIVERSAIRE DE PIERRE.
À en juger par les ratures, le chiffre était changé quotidiennement.
« Ouah ! Ce Pierre est drôlement populaire ! me dis-je. Toute l'école se prépare pour son anniversaire ! »
Je m'éloignai du panneau et tournai l'angle du couloir.
Là, je stoppai net et manquai de glisser sur le sol ciré. Un garçon s'avançait vers moi en titubant. Il se tenait la tête à deux mains…
« Oh là là ! Il n'est pas en grande forme, celui-là ! » pensai-je en le regardant.
– Que se passe-t-il ? Tu es malade ? demandai-je

EXTRAIT

comme il arrivait à ma hauteur.

– À l'aide ! supplia-t-il d'une voix mourante.

Il tendit vers moi ses paumes écarlates, et je découvris une blessure hideuse qui lui barrait le front.

Il avait la tête en sang !

Il perdit l'équilibre, et je poussai un hurlement.

EXTRAIT

– Au secours ! hurlai-je à nouveau.

J'aurais voulu fuir, mais la panique me clouait sur place.

Le garçon tomba en avant ; je l'évitai d'instinct et il s'écroula à mes pieds.

– Ma tête ! J'ai mal..., râla-t-il en roulant sur le côté.

Je me penchai sur lui et demandai timidement :

– Tu... tu vas bien ?

Quelle question stupide ! C'était évident qu'il n'allait pas bien ! Il était couvert de sang !

Le garçon gémit de plus belle. Une femme au chignon strict apparut à la porte de sa classe.

– Quel est ce vacarme ? demanda-t-elle.

Le blessé se redressa d'un bond, brusquement ragaillardi.
– Désolé, Mademoiselle Munson, bredouilla-t-il avant de s'enfuir à toutes jambes dans le couloir.
Mlle Munson me jeta un regard dur :
– Et toi ? Que fais-tu là ?
– Je... je suis nouvelle, balbutiai-je. Je cherche le bureau du principal.
L'expression de son visage s'adoucit un peu.
– C'est à droite au bout de ce couloir. Bienvenue à Stanford, dit-elle avant de refermer la porte.
Je me hâtai vers le bureau tout en me demandant ce qui était arrivé à ce garçon. À l'angle du couloir, je perçus un bruissement soyeux et faillis heurter une fille qui arrivait droit sur moi. Elle portait une longue robe verte et ses cheveux châtains étaient pris sous un bonnet blanc.
« Quelle drôle d'école ! » pensai-je.
– Tu n'as pas vu passer un garçon avec la tête en sang ? demanda-t-elle.
– Oui, dis-je, un peu inquiète. Qu'est-ce qui lui arrive ?
La fille éclata de rire.

– Rien du tout, lança-t-elle joyeusement. Nous répétons une pièce de théâtre. Il joue le rôle de la victime.

– Oh ! fis-je, rassurée.

– Nous essayons les costumes ce matin, reprit-elle.

Elle s'arrêta un instant pour me dévisager.

– Tu es nouvelle ? Je ne t'ai jamais vue ici.

– Je m'appelle Randa Clay, répondis-je avec un sourire. C'est mon premier jour.

– Vraiment ? Tu es nouvelle ? s'exclama-t-elle. Vraiment nouvelle ? Oh là là !

– Oui, je suis nouvelle… Pourquoi ? Il y a un problème ?

– Non, non… Au fait, moi, je suis Sarah Lewis. Bon, je dois y aller. On se reverra plus tard… Salut !

Elle se précipita dans le couloir, sa longue robe flottant autour d'elle.

« Drôle d'école, décidément ! », me répétai-je en me dirigeant vers le bureau de l'administration.

Après la visite chez le principal, je me trouvai enfin devant la porte de ma nouvelle classe de cinquième. Je pris une profonde inspiration. J'allais faire connaissance avec ceux qui deviendraient

peut-être mes copains… ou peut-être pas.
Je frappai d'une main ferme et entrai.
Le professeur était une petite dame aux cheveux noirs, coupés court. Elle s'arrêta d'écrire au tableau et me sourit :
– Tu es Miranda Clay, je suppose ?
– Oui, madame… Mais tout le monde m'appelle Randa.
– Je suis Mme Hartman. Bienvenue parmi nous, Randa ! Assieds-toi au troisième rang, il y a une place libre.
Un murmure monta tandis que je me dirigeais vers le bureau vide. Tous les regards étaient braqués sur moi. Je m'efforçai de ne pas y faire attention. « C'est normal, me dis-je. Ils se demandent qui je suis… »
Une fille assez mignonne avec de longs cheveux blonds tout bouclés occupait le bureau à côté du mien. Elle me dévisagea avec de grands yeux ronds.
– Salut ! lançai-je.
Ses yeux s'écarquillèrent davantage et elle se tourna brusquement vers une fille rousse assise à la table d'à côté.

« Qu'est-ce qu'il y a ? m'étonnai-je. Qu'est-ce qu'elles ont à chuchoter comme ça dans mon dos ? »

– Un peu de silence, s'il vous plaît ! intervint le professeur.

Les murmures cessèrent petit à petit. Mme Hartman s'adressa à moi :

– L'examen de fin d'année aura lieu la semaine prochaine, Randa. As-tu déjà passé ce genre d'épreuve ?

Je secouai la tête.

Quelques jours plus tard, j'errais dans la cafétéria bondée à la recherche de Sarah, Mégane ou David. Personne ne me prêtait attention, et ça me rassurait un peu.

La semaine précédente, j'avais eu l'impression d'être un animal de foire, car tout le monde m'observait. Mais peut-être était-ce pareil dans toutes les écoles ?

Je repérai Laura et Maggie, assises à une table. Maggie suivait Laura comme une ombre. Je ne l'avais encore jamais vue discuter avec quelqu'un d'autre !

Je passais à leur hauteur quand j'entendis Laura me chuchoter :

– Attends ! Attends d'arriver au 10 !

Cette fois, ce n'était pas mon imagination. Laura cherchait à me faire peur. Pourquoi ? Qu'allait-il se passer le 10 ? Ce serait l'anniversaire de Pierre, mais je ne savais toujours pas qui était ce garçon. Je n'y comprenais rien. Mes mains se mirent à trembler et à froisser le sac contenant mon déjeuner.

J'aperçus un garçon maigre avec des cheveux noirs bouclés qui agitait le bras dans ma direction. Je me précipitai vers lui sans réfléchir, tant je désirais m'éloigner au plus vite de Laura et Maggie.

– Salut ! lança-t-il. Tu veux t'asseoir à ma table ?

– Oui, merci !

Je ne savais pas qui il était. Lui, par contre, semblait me connaître.

– Désolé de t'avoir effrayée l'autre jour, dit-il. Chaque fois que je mets ce costume, j'ai envie de faire l'imbécile !

Je le fixai un instant sans comprendre un traître mot

de ce qu'il racontait.

– Au fait, reprit-il, je m'appelle Lucas…

Lucas ? Mais oui, le garçon avec la tête en sang !

– Moi, c'est Randa. Excuse-moi, je ne t'avais pas reconnu sans ta blessure au crâne.

– Tu viendras voir notre pièce ? On la joue la veille des vacances.

– Bien sûr ! De quoi ça parle ?

– C'est tiré d'une énigme de Sherlock Holmes. Seulement, celui qui fait Sherlock n'arrête pas de se tromper dans son texte. Tu connais David Slater ?

– Oui, il est dans ma classe !

– C'est lui qui tient le rôle principal, et il est nul… Je ne comprends pas pourquoi ils l'ont choisi.

Ne sachant trop quoi répondre, je croquai dans ma pomme. J'aime commencer par le dessert. Mon regard se promenait de table en table. Je surpris Laura et Maggie en train de m'observer. Elles détournèrent aussitôt la tête.

– Où habites-tu ? demanda Lucas.

– Rue de la Peur…

– C'est vrai ? Moi aussi… Tu sais, il ne faut pas écouter ce que les gens racontent. J'ai toujours vécu là, et il ne m'est jamais rien arrivé.
– Ah bon ? Et qu'est-ce qu'on raconte ?
Lucas haussa les épaules avec un air blasé.
– Des histoires bizarres… Je suis sûr que c'est à cause de son nom !
La cloche sonna enfin. C'était l'heure de la récréation. Les élèves quittèrent la salle dans un joyeux tumulte. Quelques-uns me firent un signe de la main.
Comme je sortais dans le couloir, un fille me tapa sur l'épaule :
– Salut ! Tu joues au base-ball ?
– Un peu…
Elle était grande et ses cheveux noirs lui tombaient dans le dos. Un garçon blond, aussi grand qu'elle, l'accompagnait. Il était plutôt mignon et avait un sourire sympathique.
– Nous voulons former une équipe pour jouer pendant l'été, m'expliqua-t-il.
– Je m'appelle Mégane, reprit la fille. Lui, c'est David.
– Salut !

– Je vais chercher l'équipement en salle de gym, dit David. On va faire quelques balles pendant la récré.

– Allons l'attendre dehors, suggéra Mégane.

Nous sortîmes dans la cour inondée de soleil. Je repérai Laura, ma voisine blonde, et sa copine rousse, Maggie. Laura me désigna du doigt et elles s'éloignèrent en me lançant des regards en coin. Je fis comme si de rien n'était, mais leurs cachotteries me préoccupaient. « Pourquoi me regardent-elles comme ça ? » me demandai-je.

– Je reviens tout de suite, dis-je à Mégane.

Je fonçai aux toilettes. « J'ai peut-être une tache sur le nez ? Un épi sur le haut du crâne ? » pensai-je. Je m'examinai attentivement dans le miroir au-dessus des lavabos. Rien… Pas de bouton ni de plaques rouges sur les joues, ou d'étiquette au front avec marqué dessus « débile ». Rien qui puisse expliquer l'étrange comportement des deux filles.

Je regagnai la cour. Entre-temps, Mégane avait rassemblé une équipe. Je reconnus Sarah, la fille déguisée que j'avais croisée dans le couloir.

David arriva bientôt avec une balle et une batte.
– Tu veux jouer receveur ? me suggéra-t-il.
Ça, c'est incroyable ! Je termine toujours à ce poste ! C'est à croire qu'il existe une règle qui exige que les receveurs soient de petite taille ! En tout cas, à force de pratiquer, je suis devenue assez bonne à la réception.
Laura et Maggie ne participèrent pas à la partie. Elles se contentèrent de nous observer de loin.
Le lendemain matin, je croisai Sarah devant le tableau d'affichage. Elle avait un stylo à la main et lisait une annonce.
– Salut, dis-je. Qu'est-ce que c'est ?
– Salut, Randa, répondit-elle en me souriant.
Elle désigna l'affiche :
– Je crois que je vais m'inscrire…
Je jetai un œil sur l'affiche : ON DEMANDE DES VOLONTAIRES POUR PRÉPARER LE GÂTEAU D'ANNIVERSAIRE DE PIERRE. INSCRIVEZ VOTRE NOM CI-DESSOUS.
« Encore ce Pierre ! C'est incroyable ! À présent, les gens se bousculent pour lui faire un gâteau ! »
– Qui est Pierre ? demandai-je.

EXTRAIT

– Tu ne sais pas ? s'étonna Sarah. Eh bien…

Tout à coup, je sentis un souffle chaud sur ma nuque. Quelqu'un se tenait derrière moi. Je sursautai et me retournai vivement.

C'était Laura. Elle s'était approchée si discrètement que nous ne l'avions pas entendue. Elle lut l'affiche et leva un sourcil. Alors, elle murmura quelque chose entre ses dents.

Je me figeai. Avais-je bien compris ? Avait-elle vraiment chuchoté : « Prends garde à toi » ?

Découvre vite la suite de cette histoire dans

CACHE-CACHE DES MORTS VIVANTS

N° 1001 de la série

RUE DE LA PEUR

RUE DE LA PEUR

1001. CACHE-CACHE DES MORTS VIVANTS

1002. QUI DORT DANS MA TOMBE ?

1003. LES FANTÔMES DE L'ARBRE MORT

1004. L'ŒIL DE LA VOYANTE

1005. LES GORILLES DU LAC MAUDIT

(à paraître en juin 1999)

Impression réalisée sur CAMERON
par BRODARD ET TAUPIN
La Flèche
en mars 1999

Imprimé en France
Dépôt légal : avril 1999
N° d'Éditeur : 4475 – N° d'impression : 6422V